Anna Kuschnarowa

Schattensommer

Anna Kuschnarowa

Schattensommer

Roman

GULLIVER
von BELTZ & Gelberg

Ebenfalls lieferbar:
»Schattensommer« im Unterricht
in der Reihe *Lesen – Verstehen – Lernen*
ISBN 978-3-407-62708-7
Beltz Medien-Service, Postfach 10 05 65, 69445 Weinheim
Kostenloser Download: www.beltz.de/lehrer

FSC
www.fsc.org
MIX
Papier aus verantwortungsvollen Quellen
FSC® C089473

Dieses Buch ist erhältlich als:
ISBN 978-3-407-74172-1 Print
ISBN 978-3-407-74291-9 E-Book (EPUB)

in der Verlagsgruppe Beltz • Weinheim Basel
Werderstraße 10, 69469 Weinheim

Lektorat: Christian Walther
Neue Rechtschreibung
Einbandgestaltung: Cornelia Niere, München
Unter Verwendung eines Fotos von plainpicture/B.O.A.
Gesamtherstellung: Beltz Grafische Betriebe, Bad Langensalza
Printed in Germany
6 7 8 9 10 22 21 20 19 18

Weitere Informationen zu unseren Autor_innen und Titeln
finden Sie unter: www.beltz.de

1

Der Sommer begann, wie ein Sommer beginnen muss, zwei Stunden Schule, die letzten bis zum Herbst, Zeugnisse, und dann lag er vor mir, der Sommer, ausgestreckt auf einem sechs Wochen langen Handtuch am See, hingefläzt unter einem unwirklich blauen Himmel, mit Wassertropfen auf dem Rücken vom Schwimmen und dem Geruch von frisch geschnittenem Gras und Aynurs von der Sonne warmen Haut.

»Ich fasse es nicht«, schrie Micha und raste den Flur entlang, wobei er alle paar Meter in die Höhe sprang und den Neonröhren einen Hieb verpasste. »Ich fasse es nicht!«, rief er noch einmal und wedelte triumphierend mit der Luftpumpe, an der sein Zeugnis flatterte. Aynur und ich sahen uns an und schüttelten die Köpfe.

»Jannik, warum zur Hölle hat er das Zeugnis an seine Luftpumpe geklebt? Das verknickt doch total!«

Ich zuckte mit den Schultern und grinste: »Weil er ein Vollidiot ist?« Wir rannten hinterher und holten ihn im Foyer ein, wo Heerscharen von Schülern die Treppe hinunterströmten, sich in kleinen Grüppchen sammelten und ausgelassen aufeinander einredeten. Hin und wieder huschten Gestalten mit gesenktem Kopf, bleich, einige mit unnatürlich geröteten Backen und glasigem Blick wie Geister dem Ausgang zu oder drückten sich unschlüssig in den Ecken herum.

»Alter«, sagte Micha, riss mich an sich und drückte mir einen widerlichen, feuchten Kuss auf die Wange. »Ohne dich hätte ich das Jahr nie im Leben geschafft. Echt nicht. Keine Chance.«

»Wenn du mich nicht augenblicklich loslässt und aufhörst, mich anzuschwuchteln, dann wirst du nächstes Jahr Leons trauriges Schicksal teilen«, sagte ich, entzog mich Michas Griff und deutete auf Leon, der vor dem Aquarium im Flur stand, in dem der apathische Schulfisch reglos im Wasser verharrte und Leon anglotzte, der seinerseits ausdruckslos auf den Fisch starrte. Leon, der mit uns in die Klasse ging – nein, der mit uns in die Klasse gegangen war – bis heute und der auch an normalen Tagen immer irgendwie so aussah, als würde ihn die Welt zu Boden reißen, an dem alles, aber auch wirklich alles herabhing, seine Haare, die Ohren und seine Arme und Hände, an denen schlaff die Finger herabpendelten, aber heute sah Leon aus, als würde er regelrecht vor lauter Unglück zerfließen. Auf einmal bewegte der Schulfisch für einen kurzen Augenblick lethargisch die Barteln, ehe er blitzschnell in seiner Steinhöhle verschwand. Das Wasser hatte sich durch die plötzliche Bewegung eingetrübt und aus Leons rechtem Augenwinkel sickerte Wasser.

»Oh Mann, Jannik!« Micha knuffte mich in die Seite. »Du kannst so dermaßen scheiße sein. Los, gehen wir einkaufen und dann ab an den See.«

Die Sonne knallte vom Himmel, als wollte sie uns bei lebendigem Leib grillen, und der Himmel war so unglaublich blau und weit und still, als wäre er ein im Moment erstarrter, auf den Kopf gestellter Ozean.

Taxi trabte aufgeregt neben uns her und sprang abwechselnd an Micha, Aynur und mir hoch, um ein paar Meter vorauszurennen und auf der Pfote kehrtzumachen, schnappte übermütig nach uns, dann rannte er wieder los, kehrte wieder um, wälzte sich im Gras und war völlig aus dem Häuschen vor so viel Sommer.

»Los, wer als Erster im Wasser ist«, rief ich, warf mein Fahrrad ins Gras, riss mir im Rennen die Klamotten vom Leib und ließ mich in den See fallen. Für einen Moment dachte ich, mein Herz würde augenblicklich stehen bleiben, so kalt war der See. Ich schloss die Augen, tauchte unter und tat ein paar Züge. Das Wasser umfing mich, keine Geräusche mehr, nur ein Rauschen und das Schlagen meines Herzens.

Als ich zum Luftholen wieder an die Oberfläche kam, planschten die beiden andern auch schon mächtig herum. Micha hatte Aynur an den Schultern gepackt und versuchte gerade, sie unterzutauchen. Lachend wehrte sie sich. Plötzlich knickte Micha ein und, so schnell konnte ich gar nicht gucken, hatte sie ihn unter Wasser gedrückt. Das muss ihr erst mal einer nachmachen, Micha, dieses Riesenvieh! Den möchte ich nicht zum Feind haben. Aber Aynur mit ihrem Karatescheiß, der macht niemand was vor. Aynur ist sowieso die coolste Braut, die man sich vorstellen kann. Null Zicke. Unglaublich.

Prustend tauchte Micha wieder auf und gab Aynur ein Zeichen. Gemeinsam stürzten sie sich auf mich. Ihre Hände griffen nach mir, und während ich noch wie eine Winkerkrabbe mit den Armen wedelte, schluckte ich auch schon Wasser. Na, wartet! Ich tauchte unter und zog den Bund von Michas Hose ganz lang, und als ich losließ, schnalzte sie mit einem klatschenden Geräusch auf seine Haut zurück.

Er zeigte mir den Finger und sagte: »Hey, Schwuchtel, gefickt wird später. Lass uns mal lieber zur Insel schwimmen!« Und ohne eine Antwort abzuwarten, drehte er sich um und kraulte davon. Ich griff mir selbst an die Gurgel und tat, als wollte ich dank seines Angebots ins Wasser kotzen. Dann blickte ich fragend zu Aynur.

»Na klar, Mann, hinterher!«, rief sie und schwamm los.

Micha erreichte die Insel zuerst. Sie lag mitten im See und war eigentlich gar keine richtige Insel. Früher war das alles mal ein Steinbruch gewesen, also richtig früher, bevor es uns gab, und sie hatten monatelang Wasser in das abgefressene Plateau laufen lassen, auch lange vor unserer Zeit, und während das Wasser stieg und stieg, wurde der See tiefer und tiefer und mit jedem Zentimeter kälter. Und die Insel war stehen geblieben wie eine Felsnadel, und nach und nach hatte sich eine Humusschicht gebildet und Samen waren daraufgefallen, und auf einmal wuchsen dort Büsche und irgendwann auch Bäume. Und dann hatte sich dort mal einer in der alten Hütte erhängt und seitdem reißt sich niemand von diesem abergläubischen Provinzstadtvolk mehr darum, die Insel zu betreten, und das ist auch gut so, denn Insel und Hütte gehören uns und werden gegen jeden Eindringling verteidigt.

Micha stand am Ufer und schüttelte seine Haare, dass das Wasser nur so spritzte, Taxi paddelte wie ein Weltmeister, dann sprang er aus dem See und schüttelte sich noch viel mehr als Micha, und Aynur glitt durchs Wasser wie ein bronzefarbener Delfin. Ich kletterte an Land und reichte ihr die Hand, um ihr zu helfen. Doch sie stieg unbeeindruckt an einer anderen Stelle ans Ufer.

»Blöde Emanze!«, rief ich und verdrehte die Augen zum Himmel.

»Chauvi!« Aynur streckte mir die Zunge heraus. Und dann lachte sie ihr unglaubliches Lachen, bei dem man einfach mitlachen muss.

Wir ließen uns in der kleinen Bucht nieder, wo ganz feiner Sand aufgeschüttet war, und verdösten den Nachmittag in der Sonne.

Irgendwann stand Micha auf. »Wertes Publikum«, er verbeugte sich in Aynurs und meine Richtung, »ungefragte Zaungäste«, er knickste in Richtung See, wo ein kleiner

Fischschwarm das Wasser verdunkelte. »Mir hängt langsam der Magen an den Knien und ich plädiere dringendst für eine kleine Grillerei.«

»Sag mal, hat dir die Sonne das Hirn verbrutzelt? Wie drückst du dich denn aus?« Aynur schüttelte lachend ihre dunkle, fast schon wieder trockene Mähne.

»Holde Jungfer, ich orientiere mich an meinem großen Vorbild, dem Oxford- und Harvard-Absolventen, Professor Jannik Jarnik, der sich stets ähnlich geschwollen auszudrücken pflegt und dem ich persönlich nahelegen möchte, seine täglichen Hirnmasturbationen schriftlich niederzulegen.«

»Alter! Bist du bescheuert? Autor? Ich? Das ist doch total unkühl.«

»Eben! Oder du wirst Professor wie deine Alten. Das ist genauso unkühl!«

»Quatsch! Ist es gar nicht. Bloß weil du zu doof dafür bist.«

»Siehste«, Micha zwinkerte Aynur zu. »Er will nämlich doch Professor werden.«

Ich machte eine ungnädige Bewegung mit der Hand.

»Geh er mir aus der Sonne, er langweilt mich«, flachste ich. Nach einer Pause fragte ich schließlich:

»Was ist denn jetzt mit der Grillerei?« Da, wo ich meinen Magen vermutete, wuchs gerade ein Loch.

»Lasst uns die Ufer wechseln und anfangen«, grinste Aynur.

Als wir die andere Seeseite erreicht hatten und unseren Proviant sichteten, stellten wir fest, dass niemand an einen Grill gedacht hatte.

»Kein Problem, das kriegen wir hin«, sagte Micha und erhob sich. »Bin in fünf Minuten wieder da.« Damit schwang er sich auf sein Rad und strampelte davon.

»Was soll das denn? Bis zu sich nach Hause braucht der doch mindestens zwanzig Minuten. Einfache Fahrt.«

»Ist halt ein Wirrkopf.« Ich zuckte mit den Schultern und inspizierte weiter unsere Vorräte. Bis auf den Grill war alles da. Ich ließ mich ins Gras fallen und kaute an einem Halm. Aynur setzte sich hinter mich und lehnte sich an meinen Rücken. Mir wurde ganz anders, als ich ihre warme Haut an meiner spürte. Ich schloss die Augen und war mir nicht sicher, ob ich gerade Fieber oder Gänsehaut bekam, fühlte mich ein bisschen krank und zugleich irgendwie glücklich, und ich hatte Angst zu atmen, als ob ich durch das Heben und Senken meines Brustkorbs Aynur vertreiben könnte. Der Inhalt meiner rechten Hosentasche drückte gegen den rechten Oberschenkel. Das war bestimmt der rote Stein, den mir Aynur letztes Jahr geschenkt hatte und den ich seitdem als Talisman mit mir herumschleppte, aber ich wagte noch immer nicht, mich zu bewegen. »Vielleicht führt er dich ja zur Erkenntnis« oder so ähnlich hatte sie es formuliert, ehe sie mir den Stein überreicht hatte. Ich hatte genickt, obwohl ich wirklich keine Ahnung hatte, wie sie das gemeint hatte. Vielleicht könnte ich sie ja jetzt fragen, überlegte ich, aber meine Lippen blieben fest aufeinander liegen, und eine halbe Ewigkeit sagte keiner von uns beiden etwas, und von mir aus hätte es ruhig für immer so weitergehen können, doch schließlich unterbrach Aynur die Stille.

»Wenn wir drüben auf der Insel pennen wollen, dann brauchen wir das Boot, sonst wird ja alles nass.«

Ich nickte und Aynur stand auf.

»Ich hole es. Aber die Räder? Ab und zu kommt ja doch mal jemand vorbei.«

»Die hänge ich in den Baum.«

Aynur prustete. »Du hast ja wohl auch ’nen totalen Schlag, echt jetzt.« Sie drehte sich um und marschierte in Richtung Versteck, wo wir unser Boot hatten, und ich band ein Seil um den Rahmen meines Fahrrades und kletterte auf einen Baum mit einer buschigen Krone. Dann zog ich langsam mein Rad nach oben und kettete es an einen Ast.

»Hey, Tarzan, was treibst du denn da oben?«

Ich klemmte die Kniekehlen um einen dicken Ast und ließ meinen Oberkörper nach unten schwingen. Micha stand unter dem Baum und hatte den Kopf in den Nacken gelegt. Wegen der Sonne hatte er die Augen halb zugekniffen und blinzelte nach oben, während seine Finger lässig den Griff eines Einkaufswagens umklammerten.

»Alter, was soll denn der scheiß Wagen?«

»Das ist kein scheiß Wagen, das ist unser schöner neuer Grill.«

»Ha, ha, geiler Grill«, sagte ich. »Wo hast du den denn her?«

Micha zuckte mit den Achseln. »Steht doch drauf.«

Ich verdrehte die Augen und verließ den Baum. Dann band ich ein weiteres Seil um den Rahmen von Aynurs Rad.

»Hilf mir mal«, sagte ich zu Micha. »Führ das mal ein bisschen, wenn ich wieder oben bin.« Ich legte mir das Seil um die Schultern und verschwand erneut in der Baumkrone. »Jetzt«, rief ich.

Und während Micha aufpasste, dass Aynurs Rad nicht verschrammte, zog ich es in die Krone und vertäute es an einem Ast.

Als ich wieder unten stand, war ich zufrieden. Von hier war nicht zu erahnen, dass da zwei Räder im Baum schwebten.

Und als auch Micha sein Rad in die Krone verfrachtet hatte, rief Aynur vom See her. Sie saß in unserem Boot und winkte uns zu. Micha und ich warfen uns die Rucksäcke über die Schulter und stiefelten mit dem Wagen Richtung Ufer. Aynur zog die Stirn kraus.

»Verdammt, was soll das denn?«

»Darf ich vorstellen, unser Grill«, sagte Micha.

»Hast du gefragt, ob du dir den mal ausborgen kannst, oder was?«, fragte ich.

Micha strich mir über den Kopf. »Du naives Riesenbaby. Klar habe ich gefragt, ob ich mal eben im Einkaufswagen grillen darf. Was glaubst du wohl, wie der danach aussieht!« Er schüttelte sich vor Lachen.

»Mann, du kannst doch nicht einfach den Wagen klauen.«

»Alter, mach dich mal locker und vergiss für ’nen Augenblick den kleinen Spießer in dir! Der ist von einem scheiß Konzern. Die scheffeln jedes Jahr Milliarden auf dem Rücken ihrer Angestellten. Denen sollte man täglich die Scheiben einwerfen. Und außerdem: Was heißt denn hier klauen? Immerhin hab ich einen Euro für das Ding investiert.«

»Hört doch mal mit der Politikscheiße auf!«, rief Aynur und streckte uns die Arme entgegen, damit wir ihr den ganzen Kram zum Einladen reichten. Zuerst hievten wir den Einkaufswagen ins Boot. Dann kamen der Bierkasten und die Rucksäcke. Taxi sprang an Bord, woraufhin der Kahn mächtig ins Schlingern kam, und der Wagen rollte bis an die Bootskante. Aynur konnte ihn gerade noch stoppen.

»Aber ein bisschen bescheuert ist die Idee schon«, maulte sie, während sie mit einer Hand den Wagen hielt und mit der anderen das Ruder führte, um den Kahn gegen die Strömung am Ufer zu halten, damit wir zusteigen konnten.

Als wir endlich ablegten, stand ich auf und wollte nach einer Flasche Bier greifen, stolperte jedoch und das Boot kam abenteuerlich ins Schaukeln.

»Alter, pflanz dich wieder hin und hör auf, unser Abendbrot zu versenken!«, meckerte Micha.

»Ja, ja. Ist ja gut. Ich muss jetzt erst mal was trinken. Noch wer?«, fragte ich und angelte eine Flasche aus dem Kasten. Die andern nickten.

»Wir könnten eigentlich die große Rute nehmen. Vielleicht beißt ja was an?«, schlug Aynur vor.

Das Boot glitt ruhig dahin. Nur wenn wir zu nah ans Ufer kamen, bewegte Micha ab und zu leicht die Paddel. Wir schwiegen und lauschten auf das leise Plätschern des Wassers an den Bootsplanken. Taxi lag im Bug und schnappte nach Mücken. Ich setzte die Flasche an und beobachtete Aynur, die ein Brötchen aushöhlte und das weiche Innere zu kleinen Bällchen knetete, die sie als Köder über Bord warf. Dann klaubte sie mit ruhiger Hand einige Regenwürmer aus einem Schächtelchen und zog sie auf die Angelhaken auf. Dass die Würmer sich drehten und wanden und zuckend am Haken hingen, schien sie dabei nicht im Mindesten zu beunruhigen. Aber Aynur wollte ja Medizin studieren, da war es sicher von Vorteil, wenn ihr nicht bei jedem pulsierenden Gewebe die Hände zitterten. Ich versuchte sie mir in weißem Kittel und mit Mundschutz in einem Operationssaal vorzustellen, wie sie gerade das Skalpell zu einem lebensrettenden Schnitt ansetzte. Ein Schauer lief mir über den Rücken.

Als sie mit den Würmern fertig war, warf sie die Angelsehnen aus und klemmte unsere drei Ruten unter den Rand des Bootes. Die Schwimmer tanzten und blinkten und die Abendsonne tauchte Aynur in ein warmes rotes Licht. Sie sah aus, als würde sie von innen heraus leuchten, eine bronzefarbene Göttin, warm und kühl zugleich. Ich fragte mich, was sie dabei fand, ihre Zeit mit zwei Vollidioten wie Micha und mir zu verbringen. Sie konnte nun wirklich jeden haben. Aber sie schien es zu genießen. Und ich wusste, dass von nun an alle meine Sommer in der Erinnerung in bronzefarbenes Licht getaucht sein würden.

Auf einmal zuckte Micha auf und schnellte nach vorn. »Da! Es hat einer angebissen!« Er riss eine der Ruten aus dem Wasser. Für einen kurzen Augenblick blitzte ein Fisch in der Sonne, der dann im Wasser davonhuschte, und die Sehne sauste über unsere Köpfe, während sich der Haken in Michas Badehose verhakte.

»Scheiße!«, fluchte Micha und versuchte, den Haken aus seinem Hintern zu entfernen und dabei das Gleichgewicht zu halten.

»Na, du willst heute wohl noch was aufreißen?«, stichelte ich.

»Ha, ha!« Micha zeigte mir den Finger.

Aynur grinste still in sich hinein und zog erst ruckartig, dann behutsam an einer der Ruten und über uns schwang ein dicker rötlich glänzender Fisch.

»Meine Herren, die Vorspeise.« Vorsichtig löste sie das Maul des Tieres vom Haken und ich musste wegsehen. Aber ich hörte, wie sie den Fisch mit dem Kopf einmal fest auf die Planken schlug. Als ich wieder hinblickte, zuckte der Fisch noch einmal kurz und blieb reglos neben dem Einkaufswagen liegen. Aynur zog ihr Taschenmesser hervor und nahm noch auf dem Boot den Fisch aus. Ich beobachtete sie genau, aber ich konnte nicht einen Hauch von Ekel in ihren Zügen feststellen. Ihre Bewegungen waren ruhig und sicher und sie verlieh der Handlung eine atemberaubende Natürlichkeit.

Wer Fleisch essen will, muss auch töten können. So einfach war das. Die Göttin hatte gesprochen. Auf ihre Art, ohne Worte, und gleich würde es gegrillten Fisch geben.

Ich fing Michas Blick auf, der genauso gebannt auf Aynur starrte, wie ich es noch einen Augenblick vorher getan hatte.

Aynur fing noch drei weitere Fische, während Micha und ich sie fasziniert ansahen, aber dann hatte sie keine Lust mehr und sagte: »Das reicht jetzt. Wir haben ja noch Fleisch, und es wäre schade, wenn wir die Fische umsonst töten würden.«

Pf! Wir?! Und hatte sie eine Ahnung, was Micha und ich wegputzen konnten. Aber egal. Aus meinem Magenloch war inzwischen ein Krater geworden und Micha schien es ähnlich zu gehen. Noch bevor wir an der Insel angelegt hatten, sprang Taxi ins Wasser, schwamm ans Ufer, schüttelte sich und tobte über die Insel, während wir den Kahn an Land zogen und unsere Vorräte auf den Platz vor der alten Hütte verfrachteten, in der früher der Sprengmeister gehaust hatte. Auf der Rückseite war sie von dünnen Bäumen bewachsen, und nach vorne fiel das Gelände steil zum See hin ab, sodass man einen tollen Blick hatte und das Wasser leise ans Ufer schlagen hören konnte. Micha, der sich den Wagen über die Schulter geworfen hatte, ließ ihn genau an dieser Stelle zu Boden fallen und ich schleuderte meinen Rucksack daneben. Aynur machte sich auf die Suche nach trockenen Ästchen und Micha und ich schichteten Holzkohle in den Wagen. Dann sammelten wir große Steine, die wir kreisförmig auf den Boden vor dem Abhang legten, damit wir am Abend, wenn es frisch werden würde, ein Lagerfeuer machen konnten.

Als Aynur mit Kiefernzapfen und Ästen zurückkam, entfachten wir das Feuer, spitzten einige Zweige an und spießten Fleisch und Fisch darauf. Zunächst qualmte unser Machwerk im Einkaufswagen gewaltig und ich lästerte: »Meinst du nicht, dass ein herkömmlicher Grill effektiver gewesen wäre?«

Aber Micha ließ sich nicht beirren und meinte nur: »Wart's ab, Alter. Das wird schon.«

Und tatsächlich, nach einer Weile entstand eine ansehnliche Glut und wir steckten die Fleischspieße zwischen das Einkaufswagengitter. Der Geruch von Harz und Kiefern mischte sich mit dem Duft des gar werdenden Fleisches. Ab und zu zischte es kurz, wenn etwas Fett auf die Kohle tropfte.

Wir hockten uns hinter den Grill und blickten über den See. Die Sonne stand schon niedrig, aber bis zehn würde es ausreichend hell bleiben. Aynur saß in der Mitte und Micha und ich legten die Köpfe auf ihre Schulter.

Und dann fielen wir über Fleisch und Fisch und Brötchen und Bier her, als gäbe es kein Morgen mehr. Unglaublich, was man alles in sich hineinstopfen kann! Und als wir uns schon die Bäuche halten mussten, weil wir so sensationell satt waren, dass wir die Reste an Taxi verfütterten, der ganz aufgeregt von einem zum anderen sprang, kramte

Micha nach der Dose. Nach *der* Dose. Und dann baute er einen, aber einen ganz gewaltigen. Er hielt ihn vor sich in Stirnhöhe und räusperte sich:

»Meine sehr verehrten Damen und Herren, diesen Joint möchte ich heute einem ganz besonderen Menschen widmen. Und dieser ganz besondere Mensch ist, Tusch bitte, Professor Jannik, ohne den ich zum zweiten Mal sitzen geblieben wäre. Auf den Fortschritt!«

Damit reichte er mir feierlich den Dübel und ich entzündete ihn. Und dann kamen wir mächtig ins Quatschen.

»Und damals, weißt du noch, als diese Provinzvogelscheuchen auf unserer Insel aufgetaucht sind«, fing ich an.

»Das waren verdammt noch mal keine normalen Provinzvogelscheuchen«, unterbrach mich Micha. »Das waren scheiß Nazis.«

»Na, das ist doch völlig egal für die Geschichte.«

»Nein, du ignoranter Sack, ob das Nazis sind oder nicht, ist nie, niemals scheißegal.«

»Von mir aus.« Micha konnte einem manchmal auch wirklich den allerletzten Nerv rauben. Was gingen mich seine Grabenkämpfe mit den Rechten an? Ich hatte keine Ahnung, warum Micha sich in diesen Politikscheiß immer so reinsteigern konnte.

»Also, als diese scheiß Nazis sich auf der Insel breitmachen wollten …«

Aynur kicherte. »… denen haben wir eine scheiß Angst eingejagt.«

»Klar, die sind ja auch so was von bratzendämlich«, warf Micha ein.

»Na ja, wenn man nicht damit rechnet, dass noch wer da ist.«

»Sag mal, Alter. Du verteidigst diese Faschisten doch nicht etwa?«

»Was heißt denn hier verteidigen? Ich meine doch nur, dass man seine Gegner nicht unterschätzen soll. Vielleicht sind die ja gar nicht alle so doof, wie du denkst.«

»Natürlich sind die doof, sonst wären sie ja nicht Nazi geworden.«

»Micha! Du nervst!«

»Ach, hört doch auf«, fiel Aynur ein. »Jedenfalls war es zum Totlachen, als wir die Boxen in die Bäume gehängt haben und das Gestöhne abgespielt haben. Die dachten echt, das wäre der Geist des Erhängten.« Sie schüttelte sich vor Lachen.

»Das kommt davon, wenn man immer in Odins alten Gruselmythen rumwühlt!«, rief Micha und stieß sein Messer heftig in den Boden.

»Na, wie auch immer. Jedenfalls sind sie nicht wiedergekommen«, sagte ich, damit die beiden endlich mit ihrem Politikgefasel aufhörten.

»Das möchte ich ihnen auch geraten haben!« Micha zog sein Messer aus der Erde und steckte es wieder ein.

Und dann quatschten wir weiter, und als es dunkel wurde, sammelten wir Holz und entfachten ein Lagerfeuer in dem Ring aus Steinen, und unsere Gesichter leuchteten zwischen den Flammen hindurch und der Geruch von Holz und Harz fing sich in unseren Haaren und haftete auf unserer Haut. Das Bier wurde immer leerer und irgendwann war auch das Gras alle. Und auf einmal wurde alles an mir ganz schwer und alles in mir ganz leicht und ich streckte mich aus, und als ich die Augen schloss und Aynur und Micha noch quatschen hörte, glitt ich hinüber in dieses Land, in das du genau das mitnimmst, was du als Letztes empfunden hast. Und so war es sehr schön in diesem Land und ich wäre gerne noch länger geblieben, hätte es nicht plötzlich einen mächtigen Schlag getan, sodass ich aus all meinem Glück herauskatapultiert wurde, und die Landung war alles andere als sanft, denn während ich geschlafen hatte, war ein Gewitter aufgezogen und ein aberwitzig lauter Donner grollte über unser kleines Idyll, und fette aufgedunsene Wolken drängten sich grau und übellaunig über uns und sahen aus, als wollten sie gleich kotzen. Und dann erst sah ich, dass Micha und Aynur eng umschlungen und nackt in einem Schlafsack lagen! Meine beiden besten Freunde! Alles drehte sich. Oh Welt, du schwankendes Papierboot!

In meinem Hirn herrschte totale Leere, aber irgendwo von tief unten stieg eine Wut auf, wie ich sie noch nicht kannte an mir. Ich stürzte mich auf den verfluchten Einkaufswagen und schleuderte ihn über den Abhang ins Wasser. Als er auf der Oberfläche auftraf, platschte er laut und das Platschen tat gut. Oh, so gut. Für einen Augenblick ragte der Griff noch schief aus dem Wasser, dann wurde er von der bleifarbenen Fläche verschluckt. Aus meiner Welt war plötzlich alle Farbe gewichen und übrig geblieben war eine Bleistiftskizze. Alles war schwarz oder weiß. Ich war der weiße und unverstandene und betrogene Held im Comic meines Lebens, der der Welt all ihr Schwarz heimzahlen wollte.

Wie ein Irrer sah ich mich um, was ich noch ins Wasser werfen könnte, woran ich nicht mehr erinnert werden wollte, womit ich diesen Augenblick einfach auslöschen konnte.

In meiner Raserei hatte ich gar nicht gemerkt, dass Micha und Aynur aufgewacht waren, und plötzlich starrte ich in zwei fragende Augenpaare. Was dachten die sich? Dass sie mich nur abzufüllen brauchten, um ungestört rummachen zu können? Und dann noch so unschuldig und verwundert tun! Sie gehörten zu den Schwarzen und schienen es noch nicht einmal zu wissen. Das konnte einen wirklich fertigmachen. Am liebsten hätte ich Micha den Abhang hinuntergestoßen. Stattdessen biss ich mir auf die Lippen, bis sie bluteten. Taxi stand mit hängenden Ohren neben mir und hatte den Schwanz eingekniffen. Er winselte und wusste überhaupt nicht, was los war.

»Ihr seid solche Arschlöcher!«, presste ich schließlich hervor und ärgerte mich über den brüchigen Klang meiner Stimme. »Das hätte ich nie von euch gedacht!«

»Jannik!«

»Verräter seid ihr!«

»Jetzt komm mal wieder runter, Alter!«

Ich hielt mir die Ohren zu.

»Ich will euch nie wiedersehen. Nie wieder!«

Ich spürte, wie mir Tränen in die Augen schossen, und dafür hasste ich mich, und ich drehte mich um und raste davon, als könnte ich so den Comic, der mein Leben ist, einfach hinter mir lassen.

2

Graues Licht fiel durchs Fenster und draußen hatte es sich eingeregnet. Taxi lag vor meinem Bett und hatte seine Schnauze platt auf den Boden gepresst. Als ich mich erhob, stand auch er auf und wedelte erwartungsfroh mit dem Schwanz. Ich kraulte ihm die Ohren, mein Schädel brummte. Guten Morgen, Jannik. Willkommen in einem beschissenen Sommer.

Mein Blick fiel auf die Uhr. Es war schon Nachmittag. Vorsichtig sondierte ich die Lage. Was ich jetzt gar nicht brauchen konnte, waren die besorgten Blicke meiner Eltern und die bohrenden Fragen meiner Mutter.

Aber im Haus herrschte Totenstille. Ich trabte in die Küche und linste aus dem Fenster. Der Carport war leer. Sehr gut. Sie waren beide ausgeflogen. Ich hatte einen fürchterlichen Brand und tappte zum Kühlschrank. Dort fand ich eine Flasche Orangensaft und stürzte sie auf einmal hinunter, doch danach fühlte ich mich noch immer wacklig und schlaftrunken, aber das war ja auch kein Wunder, schließlich war ich noch völlig entkoffeiniert. Also schlurfte ich zur Kaffeemaschine und stellte zwei Tassen unter das Gerät. Ich schlug sogar Milchschaum auf und verteilte ihn über dem köstlichen Gebräu, aber als ich die erste Tasse ansetzte, hob es mich und beinahe wäre ich zur Toilette gerannt. Lustlos rührte ich in der Tasse herum, bis nichts mehr von dem Schaum zu sehen war. Schließlich ging ich zur Speisekammer, nahm eine Tüte Chilichips und eine Flasche Mineralwasser und verbarrikadierte mich in meinem Zimmer. Mit dem Kater würde ich schon fertig werden.

Während ich mir die Chips in den Mund schob, überlegte ich, wie ich den Rest dieses Tages herumkriegen könnte, und schaltete den Fernseher ein. Aber da kamen nur Bilder von Demonstranten im Gazastreifen, irgendwo in Südeuropa hatten Grundstücksspekulanten ein riesiges Waldgebiet abgefackelt und das Feuer breitete sich in atemberaubender Geschwindigkeit in Richtung einer Siedlung aus, und im Irak waren wieder soundsoviele Menschen von der Bombe eines Selbstmordattentäters zerfetzt worden. Ich zappte weiter. Eine Tussi, die nur aus einem riesigen Mund zu bestehen schien, gab sich als Promi-Expertin aus und plapperte munter über Prinz Charles und Camilla, als würde sie sie persönlich kennen, und ehe sie noch zu deren Stuhlgang überleiten würde, schaltete ich weiter. Zwei Blondinen auf Koks hielten euphorisch einen gigantischen geblümten Schlüpfer in die Kamera, als wäre er der Koh-i-Noor, und das war der Punkt, an dem es Zeit war, die Glotze wieder auszumachen.

Lustlos überflog ich meinen Bücherstapel und zog schließlich ein Buch von Palahniuk heraus.

»Alles, was du hast, hat irgendwann auch dich«, las ich. Wie wahr. Wenn ich nicht so viel Kram hätte, müsste ich nicht so oft aufräumen. Aufräumen fand ich ätzend. Alles, was du hasst, hasst irgendwann auch dich, dachte ich und musste grinsen. Ich versuchte weiterzulesen, aber ich verrutschte immer wieder in der Zeile. Schließlich kapitulierte ich und schlug das Buch wieder zu. Draußen hatte der Regen einen dichten Vorhang aus ungleichmäßigen grauen Schnüren gebildet. Irgendwie fasziniert starrte ich aus dem Fenster, bis ich in eine leichte Trance fiel und den Eindruck hatte, dass es gleichzeitig von oben nach unten und von unten nach oben regnete. Nein, Rausgehen fiel heute wohl aus. Nicht mal Hausaufgaben hatte ich zu erledigen. Es waren ja, hurra, hurra, Ferien. Aber wer hätte gedacht, dass ich mal nach Hausaufgaben lechzen würde?

Schließlich fuhr ich den Rechner hoch und bastelte an meiner Homepage, damit den Vollidioten endlich jeder kontaktieren konnte. »ICH BIN SO EIN IDIOT, SO EIN RICHTIGER VOLLIDIOT«, tippte ich ein. Dann löschte ich es wieder. Mann, fühlte ich mich leer. Meine beiden besten Freunde waren ein Paar! Irgendwie wusste ich auch gar nicht, wieso mich das so dermaßen aufregte. Schließlich war ich ja nicht Aynurs Freund. Oder ja, natürlich war ich Aynurs Freund, aber eben nur so *ein* Freund wie Micha. Und nun war Micha eben nicht mehr nur so *ein* Freund wie ich, sondern er war jetzt *ihr* Freund. Und nun brauchten sie mich in etwa so dringend, wie man einen Tumor braucht, und deshalb wollte ich sie alle beide nicht mehr sehen. Aber wie sollte ich nur diesen elenden Sommer alleine rumkriegen?

In einer Kleinstadt ist die Anzahl der Menschen, mit denen man sich gern abgibt, ziemlich überschaubar. Klar, ich hatte noch ein paar Kumpels, aber das waren Nerds und mehr als über Software und Games zu labern war mit ihnen nicht drin. Mit Aynur und Micha war das ganz anders. Wütend hieb ich auf die Tastatur und das »A« hüpfte mir entgegen. Erschrocken sprang Taxi auf und winselte. Den hatte ich total vergessen. Scheiß auf den Regen, dachte ich und zog mir die Schuhe an, pfiff nach dem Hund und radelte an den See.

Dafür, dass Sommer war, herrschte auf einmal eine Schweinekälte. Doch das war mir so was von egal. Ich riss mir die Klamotten vom Leib und sprang ins Wasser und mir blieb kurz die Luft weg. Aber egal, ich schwamm mit Taxi dreimal um die Insel und kletterte schließlich nackt an Land und kehrte zu dem Ort zurück, den ich in der Nacht zuvor so fluchtartig verlassen hatte. Und dann stand ich mit Taxi vor der Feuerstelle und hatte keine Ahnung, was ich hier wollte.

Mein sinnloser Ausflug an den See hatte mir eine Prachterkältung beschert und ich schniefte und hustete und meine Stimme klang so gesund wie die von Darth Vader. Aber eigentlich war es mir ganz recht. Heimlich hoffte ich auf eine Lungenentzündung und einen Krankenhausaufenthalt und auf Michas und Aynurs betretene Gesichter, wenn sie die Diagnose »unheilbar« erfuhren. Aber es war und blieb eine ganz poplige Erkältung mit einem immensen Taschentuchkonsum und irren Kopfschmerzen.

Meine Eltern waren wie immer tagsüber an der Uni in Berlin und konnten sich erst spät von ihren Schreibtischen trennen. Aber abends standen sie dann stramm an meinem Bett, warfen ihre Stirnen in besorgte Falten und nötigten mir Suppe auf.

Zu Besuch kam auch niemand. Aber wer sollte auch kommen? Ich hätte einen von den Jungs anrufen können, aber dem Nerdtalk fühlte ich mich gerade nicht gewachsen. Außerdem tauchten die ohnehin nur auf, wenn sie was von mir brauchten. Da sieht man mal, wie beliebt man in Wirklichkeit ist. War wohl an der Zeit, härter zu werden.

Á propos Zeit. Die kroch dahin, als hätte sie Bleikugeln an den Beinen. Dabei hatte ich inzwischen drei Homepages für Bekannte meiner Eltern programmiert und ziemlich viel Kohle dafür eingestrichen, aber gerade hatte ich nicht die mindeste Lust, irgendwas zu kaufen. Die Romane, die ich mir für die Ferien beschafft hatte, hatte ich längst ausgelesen und durch die Philosophiebücher war ich auch schon durch. Philosophie! Ich hatte noch überdeutlich Michas Auftritt am vorletzten Schultag vor Augen, als er mit spitzen Fingern den Bücherstapel neben meinem Bett durchforstet, einen Nietzscheband herausgezogen und ihn irgendwo aufgeschlagen hatte. Einen Moment lang starrte er auf die Seite und überflog die Zeilen.

»Alter, was liest du denn da bitte für eine gequirlte Scheiße?« Und dann rezitierte er: »Gott ist tot.« Er blätterte weiter und las: »Wer gab uns den Schwamm, den Horizont wegzuwischen?« Er klappte das Buch zu und warf es zurück auf den Stapel. »Jetzt mal im Ernst. O.k., irgendwie passt das zu so einem komischen Gruftling wie dir. Aber hast du eigentlich nichts Besseres zu tun, als dir mit so einer intellektuellen Diarrhöe den Tag zu versauen?«

»Mann, jetzt reg dich doch nicht so künstlich auf«, hatte ich gesagt und an dem Buch herumgefummelt, das dank Micha nun ein Eselsohr hatte.

»Ich soll mich nicht aufregen, wenn mein bester Freund sich mit so einem nihilistischen Unsinn abgibt. Hey, du irrer Knochenlutscher, da draußen wird dir die Welt unter den Füßen wegverkauft und du suhlst dich in der Larmoyanz von anno dazumal! Mann, du hast so viel Grips und könntest so viel bewegen, aber nein, stattdessen hängst du immer nur vor dem Rechner rum, ziehst dir eine nutzlose Schwarte nach der anderen rein und machst einsame Spaziergänge mit Taxi.«

»Jetzt halt mal die Klappe, Mann. Du hast doch überhaupt keine Ahnung.«

»Stimmt. Aber dafür tu ich wenigstens was.« Er hatte gelacht und mir in die Seite geboxt.

Ich seufzte. Gerade hätte ich sonst was dafür gegeben, mir Michas Tiraden anzuhören, und mir war, als ob ich vor lauter Langeweile Kopfschmerzen bekäme. Für einen kurzen Augenblick überlegte ich, ob ich nicht doch mal bei Micha anrufen sollte. Oder bei Aynur. Aber dann ließ ich es bleiben. Schließlich waren sie ja diejenigen, die mich verarscht hatten. Außerdem wollte ich ja härter werden. Und vielleicht hatte Micha in dem Punkt ja sogar recht, vielleicht sollte ich wirklich mehr auf die Dinge achten, die da draußen vor sich gingen.

Die Tage schlichen dahin, die Wochen, und dann blieben nur noch vierzehn Tage bis zum neuen Schuljahr. Taxi bekam so viel Auslauf wie noch nie und trotzdem hatte ich mich vor lauter Langeweile bei Facebook eingeloggt. Micha hatte immer gesagt, dass das was für Soziopathen sei, für Leute, die keine Freunde hatten und sich im echten Leben nicht zurechtfanden. Aber irgendwie passte das ja zu meinem momentanen Zustand.

Eines Tages schrieb mich »Mystique« an. Ich weiß auch nicht, was sie dazu veranlasst hatte. Sie interessierte sich nicht für Computer und ich mich nicht für Daily Soaps. Aber als Kerl fühlst du dich erst einmal geschmeichelt, wenn du nicht alle Kontakte selbst anbahnen musst.

Ein paar Mails später stellten wir fest, dass wir in der

gleichen Stadt wohnten, uns aber offenbar noch nie begegnet waren. Wer hätte das gedacht, wo ich doch das Gefühl hatte, jede der Provinzvogelscheuchen zu kennen. Na ja, kennen vielleicht nicht, aber zumindest jemanden zu kennen, der den- oder diejenige kannte oder der einen Bekannten hatte oder zumindest den Bekannten eines Bekannten, der irgendwie schon einmal von ihm oder ihr gehört hatte.

Wie auch immer. Es schrie nun gerade förmlich danach, dass wir uns auch mal im »real life« über den Weg laufen mussten. Am Wochenende gab es ein Darkmetal-Konzert in der Mehrzweckhalle, und dass »Mystique« ein Metalkonzert und nicht irgend so ein pseudoreligiöses Gewinsel à la Xavier Naidoo vorgeschlagen hatte, sprach schon mal eindeutig für sie.

Am Samstag war ich ein bisschen aufgeregt, und meine Mutter, Seismograf all meiner Stimmungslagen, zumindest wenn wir uns mal über den Weg liefen, hatte natürlich längst eins und eins zusammengezählt, denn sie hatte Aynur und Micha vor zwei Wochen Händchen haltend in der Stadt gesehen und mich gleich im Anschluss ausgehorcht, warum ich denn in letzter Zeit so wenig rausginge. Und dann hatte sie mir unterstellt, eifersüchtig zu sein. Eifersüchtig, ich!

Und nun stand sie vor mir und musterte mich von Kopf bis Fuß. »Schick siehst du aus, du willst wohl Aynur zurückerobern?!«, fragte sie.

Da regte mich ja die Frage schon auf. Was hieß denn zurückerobern? Wann hatte ich Aynur denn jemals »erobert«? Und überhaupt, vielleicht hatte ich Aynur ja auch nie »erobern« wollen, sondern fand es einfach nur erbärmlich, dass die beiden mich die ganze Zeit hintergangen hatten?!

»Da ist noch ein Fussel, der leuchtet sonst im Schwarzlicht«, kicherte meine Mutter und fummelte an meiner Schulter herum. Toll, meine discoerfahrene Mutter!

Mein Vater erschien im Türrahmen und lächelte.

»Lass dich nicht vernaschen!«, zwinkerte er. Herrje, waren gerade Semesterferien, oder was? Die waren doch sonst kaum zu Hause. Ich zog mir die Kapuze über und schob die Hände in die Hosentaschen, und ehe mein Vater noch auf die Idee kam, mir zu erzählen, was für »ein steiler Zahn« meine Mutter früher gewesen war, sah ich zu, dass ich Land gewann.

3

»Mystique« hatte vorgeschlagen, dass wir uns am Einkaufswagenhäuschen am Supermarkt bei der Mehrzweckhalle trafen. Als ich ankam, war sie noch nicht da. Ich wusste auch gar nicht, wonach ich Ausschau halten sollte, denn »Mystique« hatte sich standhaft geweigert, mir ein Foto von sich zu schicken. Sollte wohl geheimnisvoll wirken, aber ich fand es nur blöd, denn sie wusste, wie ich aussah, weil ich meines eingestellt hatte. Sie war sich also im Klaren, worauf sie sich einließ. Wer weiß, was da gleich anspaziert kam. Und ich war der Situation völlig ausgeliefert. Konnte ja dann schlecht sagen: »Hey, du gefällst mir nicht. Geh bitte allein ins Konzert.« Das wäre so überhaupt nicht gentlemanlike.

In diesem Augenblick fand ich es gar keine so gute Idee mehr, mich mit einer Wildfremden zu treffen. Da konnte sie noch so sehr im gleichen Kaff wohnen wie ich. Ungeduldig scharrte ich mit den Füßen. Ich war so nervös, dass ich mir eine Kippe in den Mund schob, und als sie aufgeraucht war, stand ich immer noch allein herum und überlegte, ob ich nicht lieber wieder gehen sollte. Jetzt konnte ich noch.

Aber als ich mir die nächste Kippe anzündete, kam ein blondes Etwas zielstrebig auf das Einkaufswagenhäuschen zugeschlendert. Pf! Von Eile keine Spur, obwohl sie zwanzig Minuten zu spät war. An Selbstbewusstsein schien es ihr jedenfalls nicht zu mangeln.

»Hi! Du wirst es erraten haben, ich bin ›Mystique‹«, sagte sie und streckte mir die Hand hin. Das war irgendwie gewöhnungsbedürftig. Zwei Jugendliche, die sich die Hände schüttelten.

Zuerst war ich ein wenig enttäuscht gewesen. »Mystique« klang ja wohl mehr nach glutäugiger Schönheit mit langer dunkler Wallemähne oder nach Emo mit quietschgrünen Augen. Aber was da vor mir stand, sah aus wie Prinzessin Lillifee. Blond und blauäugig und mit pinkfarbenem Hello-Kitty-T-Shirt.

Aber jetzt war ich nun einmal drin in diesem Film, und wenn ich jetzt gegangen wäre, wäre es ja nicht einmal ein Kurzfilm geworden. Außerdem sollte dieser unglaublich unselige Sommer endlich mal – ja, was? – jedenfalls anders werden.

Aber so im Nachhinein betrachtet: Ich hätte schnurstracks nach Hause schleichen, Aynur und Micha anrufen und noch ein bisschen Spaß haben sollen. Aber nein. Ich hatte es ja vorgezogen, die gekränkte Diva zu spielen und den Kontakt zu Micha und Aynur abzubrechen. Manchmal fand ich es selbst unglaublich, was für ein Ignorant ich sein konnte. Erst als Micha seine Chance ergriffen hatte, brannte ich urplötzlich vor Eifersucht, und dass diese unglaubliche Wut, die mich auf der Insel befallen hatte, als ich die beiden zusammen im Schlafsack liegen sah, die pure Eifersucht war, habe ich erst viel später begriffen. Dabei war es allen anderen klar gewesen, meiner Mutter, vermutlich auch meinem Vater, Aynurs Brüdern und wahrscheinlich sogar Aynur selbst. Ich habe keine Ahnung, warum die meisten Erwachsenen immer glänzende Augen bekommen, wenn sie von ihrer Jugend sprechen, als wäre es die Zuckerwattezeit ihres Lebens gewesen. Rosarot, zuckersüß und federleicht. Jugendlicher zu sein, fand ich, war überhaupt nicht einfach. Nichts war klar. Gar nichts. Und dass ich den Stoff in der Schule ziemlich schnell kapierte, hatte damit nicht die Bohne zu tun.

Also kauften wir unsere Tickets, und als wir drinnen waren, fragte ich »Mystique«, was sie trinken wollte. Und weil ich gerade am Fragen war und mir jedes Mal beinahe einen abbrach, die zierliche Prinzessin Lillifee »Mystique« zu nennen, fragte ich auch gleich nach ihrem richtigen Namen.

»Nele«, sagte sie. »Aber in deinem Pass steht wohl auch nicht ›Pi‹, was?«

»Nee.« Hoffentlich wollte sie nicht gleich wieder Hände schütteln, wenn ich ihr meinen Namen verriet. »Ich heiße Jannik.«

»Ein cooler Name!« Glücklicherweise behielt sie ihre Hände in den Taschen.

»Hm, na ja, ich weiß nicht.« Wer mag schon seinen eigenen Namen?

Und dann kam der übliche Small Talk. Wer macht was und so weiter. Sie erzählte, dass sie Azubi zur Kindergärtnerin ist, aber dass sie später das Abi nachholen wolle, um dann Sozialpädagogik zu studieren. Und dass sie vor drei Monaten von zu Hause ausgezogen ist, weil sie ständig Ärger mit ihrer Mutter und deren komischen Freunden gehabt hatte. Jetzt wohnte sie in einem winzigen Einzimmerapartment in der Stadt, aber von ihrem Gehalt konnte sie sich das nur gerade so leisten.

Langsam dämmerte mir auch, warum sie mir so erwachsen vorkam. Die arbeitete schon. Stand unglaublich früh auf und schuftete bis zum späten Nachmittag. Kein Wunder, dass sie dauernd Hände schütteln wollte. Außerdem war es ja ganz schön tough, mit siebzehn schon völlig allein klarzukommen. Ich hätte nicht einmal gewusst, wie man sich eine Wohnung sucht.

Als sie von den Kids erzählte, da blühte sie richtig auf und bekam so einen Glanz in den Augen. Und »Nele« passte ganz gut zu ihr. Nein, irgendwie passte das sogar sehr gut. Und so langsam fand ich Prinzessin Lillifee auch richtig süß.

Und dann begann das Konzert. Erst spielte eine grottenschlechte Vorband, und Nele und ich zogen Grimassen und lachten, aber dann kam der Hauptact, erst mit ein paar Balladen, doch danach gaben sie richtig Stoff und, kaum zu glauben, die niedliche Nele fing an, mächtig herumzupoken. Überrascht machte ich mit, und wir hatten einen Heidenspaß, aber auf einmal packte sie mich am Handgelenk und zog mich aus der Zuschauermenge in Richtung Zigarettenautomat. Ich ließ mich von ihr an eine Wand bugsieren und sie schob ihren Unterleib an meinen, und dann wanderten ihre Finger meine Wirbelsäule entlang, bis sie meinen Hinterkopf erreicht hatten. Mein ganzer Körper kribbelte, meine Ohren rauschten, mein Herz raste. Noch nie war ich einer Frau so nah gekommen.

»Du bekommst wohl alles, was du willst, was?«, flüsterte ich und meine Kehle war eigenartig trocken.

Nele lächelte ein seltsames Lächeln. »Ja.« Sie fuhr mir durch die Haare und dann sagte sie leise: »Und so ein großes hübsches gelocktes schwarzes Langhaarschaf habe ich mir schon immer gewünscht.« Damit zog sie meinen Kopf zu sich herunter und schob mir ihre Zunge in den Mund.

In meiner Hose war auf einmal die Hölle los, und als Nele mich schließlich losließ und ich langsam die Augen wieder öffnete, war ich irgendwie euphorisch und verwirrt. Auf unbestimmte Art war ich glücklich, aber es ging alles ganz schön schnell.

Am nächsten Tag riss mich das Klingeln meines Handys aus dem Tiefschlaf. Wer zur Hölle …?

»Ja?«, blaffte ich in den Hörer.

»Hey, Jannik. Ich bin's.«

Wer ist »ich«?, fragte ich mich und wartete, ob da noch mehr käme.

»Ich bin's, Nele.«

Mein Herz klopfte schneller. »Mystique«, das Konzert, der unglaubliche Kuss fielen mir wieder ein, dass ich Nele ganz schön süß gefunden und sie zu ihrer Wohnung begleitet hatte und danach wie im Delirium nach Hause gestrampelt war. Und dann war ich ins Bett gefallen, und der Zustand meines Lakens ließ mich wissen, dass ich Unglaubliches geträumt hatte.

»Hi«, presste ich mit belegter Stimme hervor.

»Wollte nur mal hören, wie es dir so geht«, druckste Nele herum. Ich grinste.

»Gut. Aber ich glaube, noch besser würde ich mich fühlen, wenn wir uns jetzt sehen könnten …«

Genau eine Stunde später stand ich in Neles Wohnung. Und wer hätte gedacht, dass ich meine Jungfräulichkeit am helllichten Tag verlieren würde und nicht mitten in der Nacht, wie ich das ganz selbstverständlich immer angenommen hatte? Und wer hätte gedacht, dass ich ein ganz klein wenig der »Romantik« hinterherheulen würde, die es nicht gegeben hatte, aber andererseits – wer hätte gedacht, dass es so dermaßen erregend sein würde?

Und danach ließ es sich schlecht leugnen, dass wir ein Paar waren. Wir trafen uns nun jeden Tag und ja, ich wurde süchtig nach diesem Körper, der meinem so guttat, aber manchmal wurde ich urplötzlich todtraurig, weil meine Liebe nicht mehr bronzefarben war.

Kaum zu glauben, dank Nele konnte ich dem Sommer doch noch ein paar Wochen abringen, die man als rosarotes Hormonwolkenwunder beschreiben könnte.

Es stellte sich heraus, dass wir beide doch mehr gemeinsam hatten, als es mir auf den ersten Blick erschienen war. Nele war genauso gerne draußen wie ich und wir unternahmen weite Streifzüge mit dem Rad oder zu Fuß in die Umgebung und dann lagen wir im Gras und kuschelten oder picknickten und zum Nachtisch durfte ich Trauben aus Neles Bauchnabel naschen. Und das alles war ziemlich schön.

Eines Tages sagte Nele: »Lass uns doch auch mal zur Insel gehen!«

»Was für eine Insel denn?«

»Tja, was für eine Insel wohl? So viele haben wir hier nun echt nicht. Die im alten Steinbruch natürlich!«

Verblüfft starrte ich sie an. Nele kannte *unsere* Insel! Nein, das war gar nicht das eigentlich Erstaunliche, denn alle hier kannten die Insel, aber normalerweise wollte dort niemand hin, von Micha, Aynur und mir einmal abgesehen. Hätte ja sein können, dass sonst ein blau angelaufener Geist mit heraushängender geschwollener lila Zunge mit seiner madenzerfressenen Erhängtenschlinge Jagd auf die braven Bürger unseres Städtchens machte oder was auch immer sie sich ausmalten, das ihnen dort widerfahren würde.

»Nee, da gehe ich nicht hin«, hörte ich mich sagen.

»Aber da ist es wirklich schön!«

Ich lächelte gequält. Oh ja, wunderschön war es da. »Nee, du. Wenn du da hinwillst, musst du das schon alleine machen.«

»Aber wieso denn?« Nele klang verärgert. »Hast du Angst, oder was?«

»Pf. Bestimmt nicht, aber ich will da eben nicht hin und basta.«

Nele schüttelte den Kopf.

»Feigling! Du glaubst wohl auch an den Fluch des Erhängten, oder was? Dann gehe ich da eben allein hin.«

Und tatsächlich machte sie auf dem Absatz kehrt und lief davon. Ich wurde sauer. Wieso musste sie denn unbedingt zum Steinbruch? Es gab doch wirklich genug schöne Ecken hier. Das war ja fast schon zwanghaft.

»Mach doch, was du willst!«, rief ich ihr hinterher, aber sie drehte sich nicht mehr um, und die Vorstellung, dass Nele unsere Insel betreten würde, hinterließ ein höchst eigenartiges Gefühl in mir.

Wütend warf ich die Reste meines Apfels gegen den nächstbesten Baum und schwang mich aufs Rad. Dann eben kein Picknick. Ich überlegte, ob ich mir nicht allein eine schöne Ecke suchen sollte, fuhr dann aber doch nach Hause.

Als ich die Haustür aufschloss, kratzte Taxi innen schon wie ein Irrer an der Tür und kriegte sich bald nicht mehr ein vor Freude, als ich in den Flur trat.

Taxi ist eben nicht irgend so ein Handtaschenfiffi, den man mal eben durch den Garten schleift, sondern ein ausgewachsener zweijähriger Irish Setter, der erst einmal mächtig durch den Wald jagen will, ehe er wieder an zu Hause denkt, aber seitdem ich mit Nele zusammen war, vernachlässigte ich den Hund hoffnungslos. Der arme Kerl bekam momentan viel zu wenig Auslauf. Doch was sollte ich machen? Nele hatte gesagt, dass sie Hunde hasste.

»Er oder ich«, hatte sie ausgerufen, und in ihren Augen war ein feindseliges Glitzern, als ich ihr von Taxi erzählt hatte. »Wie? Du erwartest doch wohl nicht ernsthaft, dass ich meinen Hund zur Adoption freigebe?«, hatte ich gefragt.

»Nee«, hatte sie geantwortet. »Nur, dass du ihn zu Hause lässt, wenn wir uns treffen.«

Und verliebt wie ich war, hatte ich mich bis jetzt daran gehalten. Aber so oft, wie wir uns sahen, blieb fast keine Zeit mehr, mich um den Hund zu kümmern. Ich ließ ihn immer öfter im Garten und hoffte, dass er sich dort allein ausführte. So ging das nicht weiter.

»Ich nehme dich einfach mal mit zu Nele. Dich kann

man doch gar nicht nicht liebhaben«, sagte ich zu Taxi, balgte ein wenig mit ihm und danach bekam er ausgiebig Streicheleinheiten.

Den ganzen Nachmittag war ich unruhig. War das jetzt unser erster Streit gewesen? Und nur wegen der dämlichen Insel. Ich sah auf die Uhr. Es war gerade mal fünf Stunden her, seitdem Nele allein zum See losgezogen war, und schon vermisste ich sie. Hatte ich übertrieben? Doch zur Insel zu gehen, ncin, das hätte ich wirklich nicht über mich gebracht. Am Ende wären wir auf Micha und Aynur gestoßen, die vielleicht sonst was machten. Unmöglich. Und außerdem wäre es ja auch irgendwie so was wie Verrat gewesen. Immerhin war es *unsere* Insel, auch wenn wir nicht mehr zu dritt hingingen. Aber das war noch lange kein Grund, sich mit jemand anderem dort herumzutreiben.

»Bist du schon wieder zu Hause?«, simste ich Nele schließlich. Ich war ja so verdammt harmoniesüchtig.

Keine zwei Minuten später klingelte mein Handy. Auf dem Display stand *Nele* und mein Herzschlag beschleunigte sich.

»Na du, hast du dich wieder beruhigt?«, fragte sie.

Statt einer Antwort fragte ich zurück: »Und? Wie war es auf der Insel?«

»Keine Ahnung. Bin dann doch nicht hin.«

Ich war seltsam erleichtert.

»Was hast du denn dann gemacht?«

»Ich bin nach Hause gefahren.«

Ich musste lachen und Nele stimmte ein.

»Blöd gelaufen, was?«

»Hm-mmm«, gab ich ihr recht.

»Magst du vielleicht morgen zum Frühstück vorbeikommen?«

Ich atmete auf. Unser erster Streit war erfreulich glimpflich verlaufen.

4

Ich hatte mir die Turnschuhe zugebunden, um runter in die Stadt zu fahren, beim Bäcker Brötchen zu holen und danach bei Nele zum Brunchen aufzuschlagen, und wollte eben das Haus verlassen, als Taxi angestürmt kam. Er setzte sich vor die Tür. Dann schob er mir seine Schnauze entgegen und winselte vorwurfsvoll, wobei er ungeduldig mit dem Schwanz auf den Boden klopfte, als wollte er fragen:

»Und was ist mit mir?«

Ich seufzte.

»Hast ja recht. Ich kümmere mich viel zu wenig um dich. O.k., o.k., da muss Nele jetzt wohl durch.«

Als ich die Leine holte, verwandelte sich der Hund in pure Euphorie. Er sprang an mir hoch und biss übermütig in der Leine herum, wedelte aufgeregt mit dem Schwanz, und sobald die Tür offen war, schoss er nach draußen und weg war er. Als ich am Gartentor ankam, hörte ich sein ungeduldiges Bellen, wo ich denn bliebe, und es drang schon von ziemlich weit weg zu mir herüber.

Als Nele die Tür öffnete, lächelte sie. Aber dann fiel ihr Blick auf Taxi. Sie wurde bleich und wich zurück. Und auch der Hund verhielt sich höchst seltsam. Eben noch brav sitzend und wartend, war er aufgesprungen. Alles an ihm war Anspannung. Er fletschte die Zähne und sträubte das Nackenfell. Das machte er sonst nicht mal beim Briefträger.

»Pfui, Taxi! Bist du bescheuert?« Ich zog an der Leine, aber das beeindruckte ihn wenig. Stattdessen gab er ein leises Knurren von sich und starrte völlig paralysiert auf die Tür, die gerade mit einem Klack ins Schloss gefallen war. Nele hatte den Rückzug angetreten. Na prima.

»Du Vollidiot! Was ist bloß in dich gefahren?« Ich hielt Taxi die Schnauze zu und zwang ihn, mich anzuschauen. Er kniff beleidigt den Schwanz ein.

»Ja, deinen Einstand hast du schön verbockt.« Damit zog ich den Hund nach draußen und band ihn an einem Laternenpfahl fest. Gekränkt starrte er mich an und winselte vorwurfsvoll.

»Du brauchst jetzt überhaupt nicht zu jammern. Bedank dich bei dir selbst.« Damit stapfte ich wieder die Treppe zu Neles Wohnung hoch und drückte auf den Klingelknopf.

»Bleib mir bloß vom Leib mit deiner Töle!«, erklang es dumpf von drinnen.

»Jetzt mach halt mal auf! Ich habe den Hund draußen festgebunden«, rief ich.

Nele riss die Tür auf. Ihr Kopf war dunkelrot angelaufen.

»Sag mal, hast du sie noch alle? Wieso hetzt du mir diese Bestie auf den Hals?«

»Jetzt reg dich mal ab. Eigentlich ist das ein ganz Lieber. Das hat er noch nie gemacht.«

»Ach!« Nele glaubte mir kein Wort. »Das Vieh ist eine Gefahr für seine Umwelt!«

»Quatsch. Vielleicht war er nur ein bisschen eifersüchtig.«

»Ach, eifersüchtig?! Teilst du dein Bett, wenn du es nicht mit mir teilst, mit dem Hund, oder was? Und wieso schleppst du den Köter denn überhaupt mit? Wir hatten doch ausgemacht, dass er bei dir zu Hause bleibt, wenn wir uns treffen.«

»Ja. Ich weiß. Tut mir leid. War eine doofe Idee. Aber wenn ich ihn nicht mitnehme, dann können wir uns nicht so oft sehen. Meine Eltern sind tagsüber nicht da und ich kann ihn nicht die ganze Zeit im Garten allein lassen. Der braucht halt viel Auslauf und ich habe ihn in letzter Zeit sowieso schon hoffnungslos vernachlässigt.«

»Dann gib ihn halt weg.«

»Sag mal, spinnst du?!? Ich gebe doch meinen Hund nicht weg!«

»Tja, dann musst du halt eine andere Lösung finden. Aber jetzt komm erst mal rein.« Sie gab mir einen Kuss, und danach trat ich in die Küche, wo Nele schon alles hergerichtet hatte. O-Saft, Kaffee, Käse, Wurst, Salat und gekochte Eier standen auf dem Tisch und ich legte die Brötchen dazu. Mein Magen hing inzwischen an den Knien und ich freute mich auf das Frühstück. Trotzdem war ich gereizt. Was mussten Nele und der Hund sich so doof anstellen? Ich ließ mich auf einen Stuhl fallen und goss mir erst mal einen Kaffee ein. Nele kam dazu und setzte sich mir gegenüber. Ihr Gesicht hatte wieder seine normale Farbe angenommen.

»Sag mal, was hast du eigentlich gegen Hunde?«, fragte ich sie und mir fiel wieder meine Umdichtung des Palahniuk-Satzes ein: Alles, was du hasst, hasst irgendwann dich. Vielleicht war Taxi ja deswegen so ausgetickt, weil sie Hunde hasste?

Nele winkte ab.

»Nee, jetzt erzähl doch mal«, bohrte ich weiter.

Sie verdrehte die Augen. »Hunde sind halt gefährlich.«

»Quatsch! Das kannst du doch nicht so generell sagen.«

Nele verschränkte die Arme trotzig vor der Brust. »Doch. Mich hat jedenfalls mal einer angefallen, als ich drei war.« Damit schob sie ihr linkes Hosenbein hoch und deutete auf eine große, aber schon ziemlich verblasste Narbe.

»Da. Ist doch Grund genug, nicht eben Hundefan zu sein, oder?«

»Hmm«, sagte ich unbestimmt. »Aber ist doch schon 'ne

ganze Weile her.« Und kaum hatte ich ihn ausgesprochen, ärgerte ich mich über meinen letzten Satz. Er klang mir noch in den Ohren und in Gedanken äffte ich mich nach: Aber das ist doch schon ’ne ganze Weile her … Was wusste denn ich? Vielleicht hätte ich ja auch Angst vor Hunden, wenn ich früher mal von einem gebissen worden wäre.

»Sorry«, schob ich hinterher.

»Schon gut«, sagte sie. »Du, ich geh mal kurz duschen. Willste mit?«, zwinkerte sie mir zu.

»Ähm. – Eigentlich schon, aber na ja, du weißt doch – ich bin ein Kaffeejunkie …«

Nele kicherte und verschwand im Bad.

Ich goss mir noch etwas Kaffee nach. Dabei fiel mein Blick auf den Rucksack, und ich wunderte mich, weshalb er so voll aussah. Als ich den Reißverschluss öffnete, fiel mir die ganze Post meiner Eltern entgegen. In der Hektik mit Taxi und Gassigehen und Bäcker hatte ich völlig vergessen, sie auf das Tischchen im Flur zu legen. Und so hatte ich unter anderem die *Zeit* mit mir herumgeschleppt und blätterte nun gelangweilt darin, bis Nele dampfend und mit einem Handtuch um den Kopf zurückkam. Sie sah umwerfend aus und musterte mich argwöhnisch, verschwand für einen kurzen Augenblick und kam dann mit einem anderen Blättchen zurück, das sie mir wortlos auf mein Marmeladenbrötchen warf.

»Hey, sag mal, spinnst du?«, fluchte ich und befreite mein Brötchen von der *Deutschen Stimme. Deutsche Stimme*, davon hatte ich ja noch nie gehört. Auf dem Papier war ein klebriger Fleck zurückgeblieben.

»Was soll ich denn damit?«

»Sorry, ich wollte eigentlich nicht dein Brötchen treffen. Aber lies doch mal was Vernünftiges.«

Ich seufzte. Eigentlich las ich nie Zeitung. Nicht, dass meine Eltern nicht ausreichend Informationsmaterial abonniert hatten. Da gab es den *Spiegel* und die *Zeit* und den *Freitag* und die *Süddeutsche* und was weiß ich noch. Ich fragte mich immer, wann sie das alles lasen.

Mich selbst interessierte Politik nicht die Bohne. Irgendwie kam mir das alles so abstrakt vor und hatte so wenig mit meinem eigenen Leben zu tun. Außerdem fand ich es vollkommen absurd: Monatelang wurde debattiert, dass irgendwas so nicht weitergehen konnte, und dann wurde der Zustand durch irgendeinen Beschluss auch noch zementiert. Mit der Welt ging es den Bach runter und die einen stopften sich noch die Taschen voll und die anderen sahen dabei zu. Unterm Strich erschien mir Politik so weit weg und unbeeinflussbar wie das Wetter, und wenn man sich damit befasste, drohte einem ein Magendurchbruch vor lauter Ärger.

Und jetzt musste ich also auf Neles Geheiß die *Deutsche Stimme* lesen, wo ich doch nur nebenbei ein wenig in der *Zeit* gestöbert hatte.

Ein bisschen genervt schlug ich die Zeitung an einer Stelle auf, die möglichst wenig klebte, und las laut vor:

»Erneuter Anstieg des Sozialtourismus«. Ich ließ das

Blatt wieder sinken. »Was soll denn bitte schön *Sozialtourismus* sein?«

»In deiner Welt meint es Asylanten.«

»Aha, und warum spricht man in *deiner* Welt von *Sozialtourismus*? Und überhaupt, was heißt: in *meiner* Welt? Leben wir auf zwei verschiedenen Planeten, oder was? Und das im gleichen Kaff?«

»Ja, irgendwie schon. Du mit deinen reichen Professoreneltern in eurer schnieken Ökovilla oben im Wald.«

Also wirklich reich ist anders, dachte ich, biss mir aber auf die Zunge. Aber zumindest Geldsorgen kannten wir in meiner Familie keine.

»Aha«, sagte ich stattdessen, und: »Sozialtourismus???«

»Die Ausländer kommen doch alle bloß her, damit sie von unserem Sozialsystem schmarotzen können.«

»Das ist doch totaler Quatsch. Die haben die Einreisebedingungen so drastisch verschärft, dass nur noch die ärmsten der armen Schweine hereinkommen, und das kannst du glauben, die wären auch lieber in ihrer Heimat bei ihren Familien. Aber dort haben sie keine Überlebenschance.«

Und nach einer kurzen Pause fügte ich hinzu: »Außerdem ist es gar nicht wahr, dass die Asylantenzahlen steigen, im Gegenteil, die sind rückläufig. Ich weiß ja nicht, was für einen Volksverhetzer du da abonniert hast.«

Nele hatte trotzig die Arme vor der Brust verschränkt und lachte bitter.

»Ich dachte, du interessierst dich nicht für Politik.«

»Tu ich auch nicht. Aber manchen Fakten kann man sich eben einfach nicht entziehen.«

»Aber trotzdem finanzieren wir diese Sozialtouristen über unser Sozialsystem, das *wir* für *uns* aufgebaut haben.«

Nun musste ich laut auflachen. »Sag mal, wie viele Jahrzehnte hast du denn schon einbezahlt, dass du behaupten kannst, dass *wir* das Sozialsystem errichtet hätten?«

»Ich meinte damit, dass es die Volksgemeinschaft geschaffen hat.«

»Volks... was?« Ich verschluckte mich an meinem Kaffee. »Du bist aber nicht irgendwie rechts, oder so?«, brachte ich schließlich hervor.

Nele funkelte mich zornig an.

»Wenn du es genau wissen willst, ich bin sozialnational eingestellt.«

Da war ich ja vom Regen in die Traufe gekommen. Micha, der zu spät geborene Möchtegernachtundsechziger, der wie Don Quichote auf seine Art gegen die großen Konzerne anrannte, und nun Nele, die – wie hatte sie es genannt? – sozialnational unterwegs war. Was auch immer das bedeutete. Eigentlich wollte ich es auch gar nicht wissen. Am liebsten hätte ich beide Zeitungen in die Mülltonne gestopft, stattdessen faltete ich sie zusammen, schmierte noch mal Marmelade auf mein Brötchen und trank meinen Kaffee.

Neles Schlagseite nach rechts beunruhigte mich. »Sozialtourismus« – was für ein Blödsinn. Dass sie so einen Mist glaubte.

Glücklicherweise sprachen wir, von unserem Brunch einmal abgesehen, nie über Politik. Warum auch? Schließlich führten wir eine Beziehung und keine Debatte im Bundestag.

Doch dann, am letzten Samstag der Ferien, flogen die Fetzen. Wir lagen gerade so am Flussufer herum, als Erkan und Fatih mit ein paar ihrer Kumpels auf der gegenüberliegenden Seite vorbeikamen. Aus alter Gewohnheit wäre ich beinahe aufgesprungen und hätte zu ihnen rübergerufen, denn ich konnte Aynurs Brüder supergut leiden. Mit denen konnte man jeden Scheiß machen und die zogen auch nie irgendeinen Machomist ab, aber dass Nele dabei war, hielt mich davon ab. Außerdem wäre es ja seltsam gewesen, wenn ich Aynur schnitt und dann mit ihren Brüdern schwatzte wie in alten Tagen. Also blickte ich in die entgegengesetzte Richtung und interessierte mich sehr für einen vertrockneten Grashalm. Plötzlich merkte ich, wie Nele sich versteifte. Sie murmelte: »Verfluchte Kanaken!«

»Wie bitte?«

»Ich sagte: Scheiß Kanaken!«

»Was soll das denn? Du kennst die doch überhaupt nicht.«

»Das brauche ich auch gar nicht.«

»Sag mal, was laberst du da eigentlich für einen Schwachsinn?«

»Die Kanaken gehören hier einfach nicht her. Die sollen in die Türkei gehen. Da fühlen die sich doch auch viel wohler als hier.«

Einen Augenblick sah ich sie fassungslos an, dann schüttelte ich den Kopf.

»Verfolg doch deinen Stammbaum mal bis zu deinen Ururgroßeltern zurück. Ich wette, das waren auch nicht alles Arier. Da kannst du dir die Haare noch so sehr blondieren.«

Zack, hatte sie mir eine gescheuert, und ehe ich richtig nachgedacht hatte, war ich aufgesprungen und hatte ihr den Arm auf den Rücken gedreht.

»Na, los. Brich ihn mir doch!«, presste sie hervor. »Das wird aber nichts daran ändern, dass deine Kanakenfreunde eines Tages von hier verschwunden sein werden. Multikulti hat versagt. Jedem sein Land. Du wirst sehen, irgendwann ist das hier eine national befreite Zone.«

Angewidert ließ ich Nele los und stieß sie von mir.

»Du scheiß Rassistin! Tritt doch dem Ku-Klux-Klan bei!«

Nele funkelte mich hasserfüllt an und spuckte vor mir aus.

»Du!!!« Absichtlich rempelte ich sie an. Am liebsten hätte ich sie geohrfeigt oder Schlimmeres.

»Misch dich bloß nie, nie wieder in mein Leben!«, zischte ich und ging.

Am Abend lag ich vor der Glotze und wälzte mich von einer Seite auf die andere. Jedes Mal hob Taxi den Kopf und sah mich prüfend an. Schließlich stand er auf, sprang aufs Bett und presste seine Schnauze platt auf die Matratze.

N wie Nele, N wie Nazi, N wie Nein, dachte ich. Und Taxi konnte sie schließlich auch nicht leiden.

Und dann war es das auch schon mit diesem Sommer. Sechs Uhr aufstehen, Zähne putzen, Kaffee im Stehen hinunterstürzen, Zeug packen, schlaftrunken aufs Fahrrad, zum Bahnhof, umsteigen in den Zug, eine halbe Stunde in Hypnose gewackelt werden, aussteigen, noch schnell einen Kaffee am Schulautomat ziehen und in die Klasse wanken.

Fast freute ich mich auf Micha und Aynur, aber als ich das Klassenzimmer betrat, saßen sie auch schon da in all ihrer Zweisamkeit. Unglaublich, es war erst fünf vor acht und Micha war tatsächlich schon da!

Die ganze Nacht hatte ich wach gelegen und mir überlegt, wie ich dem jungen Glück unseres neuen Klassentraumpaars begegnen sollte, jetzt, nachdem ich die beiden sechs Wochen nicht gesehen hatte, schwankte ich zwischen Großmut und Eifersucht und hatte mich schließlich dazu entschlossen, über meinen eigenen Schatten zu springen. Also nickte ich den beiden zu. Sensationell freundlich angesichts der Umstände, wie ich fand.

»Hey, Morgen, ihr zwei!«, sagte ich und grinste.

»Sieh mal an, unser Jannik. Lässt er sich doch neuerdings von der Obernazi-Trine flachlegen.« Micha blickte mich feindselig an. Und Aynur sah einfach durch mich hindurch, so als wäre ich überhaupt nicht da.

Ich spürte, wie mir das Grinsen mitten im Gesicht gefror.

»Micha, du bist so ein Arschloch!«, presste ich hervor. Der Vollidiot hatte ja keine Ahnung. Warum war ich denn wohl nicht mehr mit Nele zusammen?

Micha war aufgesprungen und wollte mir an den Kragen, aber Aynur zog ihn zurück auf seinen Stuhl.

»Lass das, Micha. Er ist es nicht wert.«

Fassungslos starrte ich Aynur an. Ich war es nicht wert! Wortlos drehte ich mich um. Dann eben nicht. Ich kam sehr gut alleine zurecht. Und weil das so war, setzte ich mich in die allerletzte Reihe, verschränkte die Arme und sah nach draußen. Der August drehte noch einmal richtig auf und die Sonne höhnte durchs Fenster, dass einem das Wasser auf der Stirn stand. Der Himmel war schon wieder von einem unverschämten Blau, und mir war auf einmal so kalt, als triebe ich auf einer Eisscholle mitten in der Antarktis dahin. Und dann schoss mir dieser Nietzsche-Satz durch den Kopf. Ja, Gott ist tot.

In der ersten Stunde hatten wir Deutsch und sollten das beste Buch vorstellen, das wir in den Ferien gelesen hatten. Wahrscheinlich brauchte die Baumann noch ein Geschenk für irgendwen und war zu faul, selbst zu recherchieren. Als ich drankam, stellte ich *Fight Club* von Palahniuk vor und hinterher versetzte sich die Baumann gleich wieder in künstliche Aufregung.

»Also Jannik, dass du so ein gewaltverherrlichendes Buch vorstellst …« Bestimmt hatte sie in einer ihrer Illustrierten gelesen, dass der Film in den USA verboten worden war.

»Darum geht es doch gar nicht. Der Protagonist ist vor allem auf der Suche nach sich selbst. Da kann doch der Autor nichts dafür, wenn seine Leser zu blöd sind, den eigentlichen Sinn zu begreifen …«, redete ich mich um Kopf und Kragen. Die Baumann sah mich besorgt an und winkte schließlich ab. Micha, dieses Riesenarsch, zeigte mir hämisch den Finger, und das, obwohl ich genau wusste, dass es auch sein Lieblingsbuch war. Aynur warf mir einen belustigten Blick zu. Eigentlich war sie doch nicht so hübsch, fand ich auf einmal und dann war Micha dran. Er war total aufgeregt und sagte dauernd »äh«. Die andern scharrten schon mit den Füßen, weil er nicht auf den Punkt kam, und fingen an, sich zu unterhalten. Das muss man sich mal vorstellen: Dieser Kerl, schlappe zwei Meter, Rastas bis ins Kreuz, ein gutes Jahr älter als wir anderen Spackos, selbst im hintersten Kuhkaff in der Lage, von irgendwo Dope zu organisieren, und bei allen linken Demos an vorderster Front – der hatte sogar schon mal eine Nacht im Knast verbracht, weil er eine Scheibe eingeworfen hatte – und nun sollte er ein paar Worte über ein Buch verlieren, das ihm gefiel, und schon geriet er völlig aus dem Takt. Als er endlich fertig war, zog ich die Brauen hoch und deutete mit dem Daumen nach unten, und ich war mir sicher, dass er für seinen miserablen Vortrag gerade mal wieder eine Fünf von der Baumann kassiert hatte. Aber bitte, sollte ihn eben Aynur dieses Jahr durchschleifen.

Der Unterricht schleppte sich dahin und ich konnte mich überhaupt nicht konzentrieren, und immer wieder durfte ich Zeuge werden, wie Micha Aynur die Hand auf den Oberschenkel legte, und jedes Mal fühlte ich mich, als würden sich eiskalte Finger um meinen Brustkorb legen und zudrücken. Was war ich froh, als endlich Schulschluss war.

Grußlos verließ ich das Klassenzimmer und im Zug quatschte ich ein wenig mit Sören, der eigentlich ganz nett war. Er schien sich sogar über die Unterhaltung zu freuen, aber so tiefgreifend fand ich unser Gespräch nun auch wieder nicht und »nett« ist ja irgendwie auch der kleine Bruder von »scheiße«.

5

Das Schuljahr ging gleich richtig los, es hagelte Klausuren ohne Ende und nach einer Woche war der Herbst erbarmungslos hereingebrochen mit Sturm und Regen vom Feinsten. Selbst Taxi verließ das Haus nur noch mit mäßiger Begeisterung und hängenden Ohren, und wenn ihm die nassen Blätter um die Schnauze segelten, knurrte er oder schnappte nach ihnen.

Aynur behandelte mich weiterhin, als wäre ich nicht da, und Micha zog mich immer wieder mit Nele auf. Eigentlich hätte ich ihm sagen können, dass wir schon längst kein Paar mehr waren, aber ich hatte keine Lust, mich vor ihm zu rechtfertigen, jetzt, wo er mir Aynur weggeschnappt hatte. Wenn er wenigstens die Klappe gehalten hätte. Aber unsere Fronten verhärteten sich von Tag zu Tag.

Neuerdings hatte ich ständig Kopfschmerzen. Da half auch kein Kaffee mehr und ich warf mir eine Tablette nach der nächsten ein. Zu nichts hatte ich Lust. Die Philosophiebücher hatte ich ins Regal geräumt, und die Romane, die ich bestellt hatte, stapelten sich ungelesen vor meinem Bett. Meine Welt war grau in grau und ich fühlte mich so isoliert und gelangweilt und verloren in dieser Welt, und immer öfter fing ich den besorgten Blick meiner Mutter auf.

»Hey, du Häufchen Elend, willst du denn nicht sagen, was mit dir los ist? Wir machen uns echt Sorgen um dich«, baute sie mir immer wieder Brücken.

»Was soll schon los sein? Läuft doch gut in der Schule«, antwortete ich.

»Aber irgendwas ist doch mit dir«, bohrte sie weiter.

Ich zuckte mit den Schultern.

»Nein. Es ist nichts«, wehrte ich ab. Zwar merkte ich genau, wie mir ihr Blick bis zur Zimmertür folgte, aber ich war dankbar, dass sie mir nicht hinterherkam. Was hätte ich ihr schon sagen sollen? Es gibt Dinge, die muss man eben allein durchstehen.

Oft lag ich einfach auf meinem Bett und Taxi presste seine Schnauze auf meinen Bauch und dabei sah er ganz bekümmert aus. Ich ließ meine Gedanken treiben und allzu oft blieben sie bei Nele hängen. Nele. N. E. L. E. Wenn ich ehrlich war, vermisste ich sie ganz schön. Immerhin war sie die Frau, der ich den Verlust meiner Unschuld zu verdanken hatte. Und wenn ich an unsere Nächte dachte, wurde mir ganz anders. Und deshalb fing ich an, mächtig über Toleranz nachzudenken. Klar gefielen mir manche ihrer Ansichten nicht, aber andererseits, wie konnte ich mir anmaßen, dass meine Meinung die einzig richtige war? Wollte ich missioniert werden? Nein. Hatte ich dann das Recht, sie zu missionieren? Und genau an dieser Stelle kam ich nicht weiter.

Vielleicht hatte ich ja auch nicht richtig hingehört oder ein Drama daraus gemacht? Oder vielleicht gab es auch Nazi-Trinen, die irgendwie liebenswert waren? Vielleicht war es ja möglich, Prinzessin Lillifee zu bekehren? Und selbst wenn nicht, sollte sie doch glauben, was sie wollte. Ich musste da ja nicht mitmachen.

Also wählte ich ihre Nummer.

»Du?!«, fragte sie und es klang ziemlich verblüfft. »Kommst du also zurückgekrochen?«

Das nannte ich straight.

»Wie ›zurück‹?«

»Du kommst dir wohl sehr schlau vor, was? Also, warum rufst du an?«

»Ja, ähm, ich wollte eigentlich nur mal äh – hören, wie es dir so geht.«

»Aha. Wie soll es mir schon gehen? Und selbst?« Sie klang jetzt ziemlich unfreundlich, und das Gespräch verlief so gar nicht, wie ich es mir vorgestellt hatte.

»Du – könnten wir uns vielleicht mal treffen?«

»Wozu? Willst du nun zurückkommen oder nicht?«

Uff! So kamen wir nicht weiter.

So mit dem Messer auf der Brust konnte ich überhaupt nicht klar denken und sagte: »Na ja, vielleicht habe ich damals etwas überreagiert. Und – ähm, vielleicht war das ein – äh, Fehler.«

»So?!!«

»Ja.«

»Na gut. Aber nur, wenn du es diesmal auch ernst meinst.«

»Wieso ernst?«, fragte ich.

Es klickte und Nele hatte einfach aufgelegt. Ich hieb mit der Faust an die Wand. Dann wählte ich noch einmal ihre Nummer.

»Was denn noch?«, zischte sie in den Hörer.

»Ja, ja, ich meine es ernst«, hörte ich mich sagen. Da sprach doch ein anderer mit meiner Stimme. Eine lange Pause entstand, in der ich Nele schwer atmen hörte. Ich pulte etwas Klebestreifen von meinem Schreibtisch und versuchte hindurchzugucken.

»Na gut. Hol mich um fünf vom Kindergarten ab.« Dann legte sie auf.

Punkt fünf stand ich brav vor der Kindertagesstätte *Die lustigen Lurche* und wartete auf Nele. *Lustige Lurche.* Seit wann galten Lurche als besonders lustig?

Um viertel nach fünf kam Nele in aller Seelenruhe angetrottet. Sie führte ein bemütztes Kind an der Hand und gab mir einen Kuss. Das muss man sich einmal vorstellen: Wir hatten uns gestritten, einen Monat nicht gesehen, dann das Telefonat, das alles andere als herzlich verlaufen war, und nun tauchte sie hier auf und tat, als hätten wir erst die letzte Nacht miteinander verbracht.

Irritiert steckte ich mir eine Kippe an, aber Nele warf mir einen bitterbösen Blick zu.

»Wenn du an Lungenkrebs sterben willst, bitte. Aber lass die Kinder da raus.«

Yes, M'am, no, M'am. Sie klang ja schlimmer als die Baumann. Denk doch mal einer an die Kinder! Aber folgsam warf ich die Kippe auf den Boden und trat sie aus.

Inzwischen kniete Nele vor dem kleinen Mädchen und wickelte ihm einen Schal um den Hals und zog ihm seine Mütze noch ein wenig mehr über die Ohren. Irgendwie fand ich das süß.

»Das ist übrigens Luisa«, sagte sie zu mir. »Luisa, das ist mein Freund Jannik.«

Ihr Freund! Aha.

»Hi, Luisa!«

Luisa löste sich aus Neles Hand, kam auf mich zu und musterte mich mit schief gelegtem Kopf. In der Hand hielt sie einen Lolli, den sie mir entgegenstreckte, und fragte: »Willst du mal lecken?«

Ich ging in die Hocke und sie schob mir den Lolli in den Mund.

»Hm, danke, Luisa!«

»Nimmst du mich mal huckepack?«

Ich ließ sie auf meinen Rücken klettern und hopste mit ihr über den Vorplatz, während sie vor Freude quietschte und ihren Lutscher über meinem Kopf schwang.

In diesem Augenblick kam eine Frau auf uns zu, die mich für einen Moment argwöhnisch musterte.

»Mama!«, rief Luisa und die Frau lächelte.

Ich setzte die Kleine vor den Füßen ihrer Mutter ab. Die Frau nickte mir flüchtig zu und sagte:

»Danke, Nele. Bis morgen!«

»Bis morgen, Frau Schuster!«

Die Frau nahm Luisa bei der Hand und ging mit ihr über den Parkplatz, und bevor das Mädchen in den Rover kletterte, drehte sie sich noch einmal um und winkte mir zu. In diesem Augenblick fiel so etwas wie ein Lichtstrahl in Jannik Jarniks grauen Comic und ich winkte zurück. Als ich mich schließlich zu Nele umdrehte, ruhte ihr Blick auf mir. Sie lächelte.

»Schön, dass du zur Vernunft gekommen bist, Jannik. Komm, ich zeige dir mal die Einrichtung.«

Und dann führte sie mich durch die *Lustigen Lurche*. Und tatsächlich klebten überall lachende Amphibien. Irgendwie war ich auf einmal richtig froh, Nele wiederzusehen, und irgendwie war ganz schnell alles wie immer, und endlich konnte ich wieder einmal mit jemandem sprechen, den ich richtig mochte, und irgendwie musste ich bei so viel plötzlichem Frohsein ganz vergessen haben, den Dingen auf den Grund zu gehen.

Ab da wartete ich fast jeden Nachmittag nach der Schule vor dem Kindergarten auf Nele und fast immer war es Luisa, die als Letzte von ihrer Mutter abgeholt wurde. Manchmal räumte Nele noch drinnen herum, ließ aber Luisa schon laufen, wenn ich draußen stand. Mit der Zeit wurden Luisa und ich richtig dicke Freunde und tobten wild herum, bis der Rover vorfuhr.

Eines Tages sagte Nele zu mir:

»Ich habe den Eindruck, dass du mit Kindern gut kannst. Hast du nicht Lust, als Betreuer in unserem Jugendclub zu arbeiten?«

Ich war ein wenig überrumpelt.

»Was denn für ein Jugendclub?« Sie hatte mir gegenüber bisher noch nie etwas davon erwähnt und mir fiel auf die Schnelle auch keiner ein.

»Wir kümmern uns dort um vernachlässigte Kinder und Jugendliche. Geben kostenlos Nachhilfe, einmal im Jahr veranstalten wir auch Zeltlager oder Ausflüge, und mittags ist immer jemand da, der kocht.«

»Ich kann aber nicht kochen«, sagte ich.

Nele verdrehte die Augen. »Musst du ja auch nicht.«

»Sondern?«

»Du bist doch so gut in der Schule. Könntest du nicht ein wenig Nachhilfe geben?«

»So gut bin ich auch wieder nicht.« Was die immer alle hatten.

»Um ein paar Fünft- und Sechstklässler vor dem Durchfallen zu retten, wird es ja wohl reichen, oder?«

Ich zuckte vage mit den Schultern. Bei Nele war Vorsicht angesagt, sonst war man gleich festgenagelt.

»Und wer ist *wir*?«, fragte ich, und zum ersten Mal fiel mir auf, dass ich Nele die ganze Zeit vollkommen monolithisch wahrgenommen hatte. In meiner Vorstellung lebte sie völlig autark. Nele war. Punkt. Ohne ernst zu nehmende Vergangenheit, ihr Vater – nicht existent, ihre Mutter – hatte sie hinter sich gelassen, Geschwister – unbekannt, weitere Verwandtschaft – unwichtig. Sie hatte keine Freunde, weil sie keine brauchte. Und sie bewegte sich stets nur zwischen ihrer Wohnung und den *Lustigen Lurchen*. Ihr einziger Bezugspunkt und Retter aus der Einsamkeit: Jannik Jarnik.

»Was bist du denn so erstaunt? Du glaubst doch nicht etwa, dass du und die Kinder meine einzigen Kontakte zur Realität sind, oder?«

Ertappt. Ich schob die Hände in die Hosentaschen und befühlte ihren Inhalt. Ein Einkaufschip, Reste eines Taschentuchs, ein angenagter Knochen von Taxi, ein Taschenmesser.

»Ich habe mich schon die ganze Zeit gewundert, dass du nie nach meinen Freunden gefragt hast.«

Aynurs Stein hatte ich auch noch in der Hosentasche. Ich zog ihn heraus und musste plötzlich ganz intensiv an Aynur denken, verbot es mir aber gleich wieder. Schließlich hatte ich ja versucht, mich mit den beiden zu versöhnen, und wurde nun von Aynur ignoriert und von meinem Ex-besten-Freund ständig blöd angemacht. Wie war das noch mal? Der Stein sollte mich zur Erleuchtung führen oder so. Und obwohl ich mich dagegen wehrte, wurde mir ganz bronzefarben …

»Was ist das denn für ein Stein? Und wieso schleppst du den mit dir herum?«

Ich zuckte mit den Schultern und steckte ihn schnell wieder ein.

»So halt.«

Nele sah mich seltsam an.

»Ja, wer sind denn nun deine Freunde?«, lenkte ich schnell ab.

»Komm halt einfach am Wochenende mal mit.«

Und weil Nele die Meisterin des Festnagelns war, sagte ich: »Mal sehen.«

6

Als ich mich am darauffolgenden Wochenende tatsächlich aufraffte und Nele in den Club begleitete, war es weniger die Euphorie, mich als Samariter benachteiligter Kinder aufzuspielen, als vielmehr, meine Mission herauszufinden, wie

Neles Freunde so drauf waren. Ich hatte oft darüber nachgedacht, aber genauso wie ich mir zu Nele keine Familie vorstellen konnte, war es mir unmöglich, ihr eine Clique oder Freunde an die Seite zu denken.

Immer, wenn ich Nele nach ihrer Familie gefragt hatte, hatte sie geantwortet: »Ist nicht wichtig. Für mich gibt es keine Familie mehr«, und damit war sie fertig.

Der Club hieß *Neue Freiheit* und lag in einer Nebenstraße, die in die Fußgängerzone mündete. Er befand sich in einem Altbau mit einer Fassade, von der die Farbe abblätterte. Nur die unterste Etage war ziemlich bunt angesprayt. Auf den ersten Blick sah das hier gar nicht anders aus als die Punker-Buden, in die mich Micha öfters mal mitgeschleppt hatte.

Als wir eintraten, war mir ziemlich mulmig. So wie Nele sich im Sommer ein paarmal vor unserer Trennung geäußert hatte, stand zu befürchten, dass wir gleich auf ein Bataillon Skins treffen würden, die sich bei Wehrsportaufgaben ertüchtigten. Als ich mir vorstellte, wie Prinzessin Lillifee sie herumkommandierte, hoben sich meine Mundwinkel.

»Was grinst du denn so bescheuert?«

»Och, nix. Mir ist nur gerade was eingefallen.«

Und ehe Nele nachfragen konnte, kam ein Typ auf uns zu, der vielleicht zwanzig war und zu meiner allergrößten Verblüffung vollkommen normal aussah. Keine Springerstiefel, keine weißen Schnürsenkel, keine Bomberjacke, keine Glatze. Der wirkte so unauffällig in seinem bordeauxroten Collegeshirt, dass es schon beinahe wieder verdächtig war.

»Hi, Kevin!« Bussi rechts, Bussi links.

»Das ist übrigens Jannik, mein Freund.«

Kevin musterte mich von Kopf bis Fuß, dann lächelte er.

»So, so, Jannik, und du willst also bei uns mitmachen?«

Der Typ war mir auf Anhieb suspekt. Der war ja so was von gähn. Und sein altväterliches Auftreten nervte mich schon nach zwei Sätzen. Der würde gut in so eine reaktionäre Studentenverbindung passen, wo sie sich gegenseitig bei ihren Ritualen die Backen aufschlitzten, um dann bis ans Ende ihrer Tage mit Schmiss durchs Leben zu irren. Und wie er redete. Hoffentlich waren die hier nicht alle so.

Ich zuckte mit den Schultern.

»Erst mal würde ich mich hier gerne ein wenig umsehen und wissen, was ihr macht«, sagte ich.

»Na, dann komm mal mit, *Jannik.*«

Wie er das schon wieder sagte. Ich war sechzehneinhalb und nicht zehn.

»Gerne. *Kevin.*«

Kevin zog spöttisch den rechten Mundwinkel hoch.

Der Typ hatte es innerhalb weniger Minuten geschafft, meinen gesamten Elan auszulöschen, und so marschierte ich lustlos hinter ihm durch das Gebäude. Im Eingangsbereich befand sich eine Art Ausschank mit Barhockern und im vorderen Teil kleine Tische mit Kerzen drauf.

»Hier können die Kids Getränke kaufen, aber keinen

Alkohol. Bewegt sich alles im Fünfzig-Cent- bis Ein-Euro-Bereich. Wir arbeiten hier alle ehrenamtlich, aber das wird dir Nele sicher schon erzählt haben. Den Erlös aus der Bar sparen wir für neue Projekte, zum Beispiel für die Höhlenwanderung im Frühjahr. Ach ja, und wenn einer von den Kurzen hier mit Alkohol anmarschiert kommt, dann fliegt er raus und kriegt zwei Wochen Hausverbot. Passiert es danach noch mal, braucht er sich gar nicht mehr blicken zu lassen.«

Und ich hatte mir Streetworker immer ziemlich cool vorgestellt. Mit langen Haaren, mit an Masochismus grenzender Geduld und unglaublicher Lebenserfahrung, der Mann, der dich versteht, der Große-Bruder-den-man-sich-immer-gewünscht-hat-Typ, aber doch nicht so einen Gesundheitsfaschisten.

»Höhlenwanderung klingt kühl«, sagte ich und das war noch nicht mal gelogen.

»Bitte? Wie klingt das? Kühl?«

»Ja. Wie kalt.«

»Ach so, du meinst *cool.*« Er lachte verkrampft und ich verdrehte die Augen.

Wir kamen durch einen Flur, in dem eine ganze Batterie schon ziemlich ramponierter Spinde stand.

»Falls du dich für eine Mitarbeit entscheiden solltest, kannst du deine Sachen hier einschließen. Und nun kommt unser Glanzstück: der Arbeitsraum und unser Rechner-Kabinett.«

Rechner-Kabinett! Wer unter hundert drückte sich denn

so aus? Wir standen in einem großen Raum mit Stühlen und Tischen, die wohl aus einer Schule stammten, und ganz hinten an der Wand befanden sich etwa zehn PCs, die zwar ziemlich vorsintflutlich aussahen, aber man konnte nicht wissen, was drin war.

Ein Mädchen, das ein schwarz-weißes Palituch um den Hals geschlungen hatte, tauchte auf und winkte mir zu.

»Hi, ich bin Greta.«

»Hi!«, sagte ich und nickte in ihre Richtung. Die war mir schon mal bedeutend sympathischer als Farbloses-Nichts-Kevin.

»Ach, Greta, gut, dass du kommst. Kannst du Jannik mal bitte den Rest erklären? Ich muss los.«

Greta nickte, und ehe Kevin verschwand, blickte er mich kurz an und zog noch einmal seinen rechten Mundwinkel hoch.

Greta war total sympathisch, führte mich überall herum und hatte ein Lachen, das einfach ansteckend war. Während meiner Besichtigung hatte sich Nele in die Küche verzogen und braute dort mit einem Typen, der ein Che-Guevara-T-Shirt trug, einen Eintopf für die Kids.

Ich war total überrascht. Keiner, der mir bisher hier begegnet war, lief rum, wie ich mir Nazis immer vorgestellt hatte. Sah aus, als gäbe es hier keine Bomberjacken und Springerstiefel. Und irgendwie machte mich das ziemlich froh. Vielleicht gab es hier ja auch überhaupt keine Rechten außer meiner Freundin?

Als ich alles gesehen und alles erfragt hatte, setzte ich mich mit Greta an einen der Tische im Vorraum, und sie erzählte, dass sie auf die Realschule im Nachbarort ging und sich gerade im Abschlussjahr befand. Danach wollte sie wie Nele etwas im sozialen Bereich machen.

Der Typ mit dem Che-Guevara-T-Shirt setzte sich zu uns, und Nele stellte mir einen Kaffee vor die Nase, wofür sie einen Kuss bekam, ehe sie sich auf meinem Schoß niederließ.

»Ich bin übrigens Corvin, der Koch hier, und könnte noch gut eine Schnippelhilfe gebrauchen. Na, wie sieht's aus, Jannik?«, zwinkerte er mir zu, aber ehe ich antworten konnte, sagte Nele:

»Nee, du. Jannik in der Küche, das wäre Verschwendung. Der kann nämlich total gut mit Kindern und programmieren und so kann er auch.«

Corvin tat, als hätte ihn diese Ansage zutiefst getroffen, und seufzte laut auf:

»Ach menno, dass sie immer alle zu schlau für die Küche sind, und mir bleibt auf ewig nur der lahme Ludwig.«

Die anderen lachten und Corvin fiel mit ein.

»Corvin ist übrigens der Sohn vom Klaus Huerdler, dem Wirt vom *Hirschen*«, informierte mich Nele.

»Aha«, antwortete ich. »Da befinden wir uns also in Gesellschaft der Lokalprominenz.«

Wieder lachten die anderen.

Es war eine nette Runde, und wir verquatschten uns hoffnungslos, sodass Nele irgendwann zu mir meinte:

»Jetzt können wir auch gleich hierbleiben. Nachher kommt noch Finn und den musst du unbedingt kennenlernen.«

Mir war das recht, denn seit Kevin die *Neue Freiheit* verlassen hatte, fühlte ich mich hier richtig wohl.

Auf einmal öffnete sich die Tür, und Sören stand mit einem gut aussehenden Typen, den ich auf Anfang, Mitte zwanzig schätzte, vor mir. Er hatte lange blonde Haare, Huskyaugen und er trug einen Schottenrock.

»Du hier?«, fragten Sören und ich gleichzeitig, starrten uns an und dann mussten wir beide grinsen.

»Was ist unser Kaff doch klein«, sagte Sören und ich nickte.

»Das kannst du laut sagen.«

Greta und Nele erhoben sich und der Typ schlug ihnen freundschaftlich auf die Schulter.

»Na Finn, schön, dass du wieder im Lande bist«, sagte Nele.

»Das finde ich auch«, pflichtete Finn ihr bei.

»Wohnst du nicht hier?«, warf ich ein.

»Nee, du. Aber ich komme immer wieder gerne hierher, um mal nach dem Rechten zu sehen.«

Gelächter von den anderen.

»Ja, Finn, pass nur schön auf uns auf!«, rief Greta und streichelte ihm über den Kopf.

»Finn wohnt in Berlin«, warf Nele ein.

»Na ja, das ist ja von hier nicht gerade aus der Welt. Da

bist du doch bestimmt in einer guten Stunde hierhergefahren«, sagte ich.

»Ja, das haut so ungefähr hin. Aber eigentlich bin ich ziemlich selten zu Hause.«

»Bist du Vertreter oder so was?«, fragte ich, was für allgemeine Belustigung sorgte. Finn grinste.

»Nee, nicht wirklich. Ich leite Survival Camps überall da, wo es noch ein bisschen unversehrte Natur gibt.«

»Ist ja abgefahren«, entfuhr es mir.

»Ja, gerade war Finn in Neuseeland und davor hatte er ein Camp in Kanada«, sagte Nele.

Ich war beeindruckt.

»Und das Beste ist«, sagte Greta, »unsere Höhlenwanderung im Frühjahr, die wird Finn leiten. Du kommst doch mit, Jannik?!«

»Klar komme ich mit, falls ihr mich dabeihaben wollt!« Das klang ja alles wirklich aufregend.

»Leute, die ihr Herz am rechten Fleck haben und mit anpacken können«, äußerte Finn und legte mir seine Hand auf die Schulter, »können wir immer gut gebrauchen.«

Ich war ein bisschen stolz, dass der toughe Finn mich scheinbar für nützlich hielt, und ein bisschen erinnerte er mich an Micha, aber nur ein bisschen, und eigentlich fand ich Finn viel kühler. Häuser besetzen und auf Demos gehen, das war das eine, aber Survival irgendwo in der Pampa, das war doch noch mal eine ganz eigene Klasse.

Wir saßen herum und quatschten, bis es hell wurde, und

erst dann schwang ich mich auf mein Rad und fuhr nach Hause. Und ehe ich einschlief, dachte ich, dass sich die Dinge eigentlich ganz gut entwickelten.

7

Weil es mir abgesehen von Burschenschaftskevin in der *Neuen Freiheit* so gut gefallen hatte, ließ ich mich von Nele schnell überzeugen, als sie fragte, ob ich nicht die Rechner im Club klarmachen könnte, und so war ich am nächsten Samstag um halb zwölf wieder unten in der Stadt. Als ich den Club betrat, standen schon die ersten Kids auf der Matte. Es roch nach Essen und Nele half Corvin beim Gemüseschnippeln.

Als ich kurz zum Rauchen rausging, drängelten sich vor der Tür schon wieder zehn andere Kids.

»Hi, zu Hause bekommt ihr wohl nichts zu essen?« Aber mein Gesülze ging hoffnungslos nach hinten los.

Ein paar murmelten irgendwas Unverständliches und die anderen sahen beschämt zu Boden.

»Hey, war nicht so gemeint«, sagte ich und machte, dass ich wieder reinkam. Darüber hatte ich ganz vergessen, weshalb ich überhaupt nach draußen gegangen war. Mit hängenden Ohren schlich ich zu Nele in die Küche.

»Sag mal, die könnten doch auch daheim essen, oder?«

»Na dreimal darfst du raten, warum wir das hier machen!«

»Wegen der Geselligkeit?«, schlug ich kleinlaut vor.

»Bekommst du denn da oben in deiner Designerbutze gar nichts mit?«

Ich machte eine vage Bewegung mit der Hand und sah aus dem Fenster.

»Geh doch mal in die Schlossstraße zur *Tafel*. Da stehen sie Schlange.«

Betreten schwieg ich, und nachdem Nele auch nichts mehr zu diesem Thema beitrug, ging ich wieder in den Computerraum und bastelte weiter. Ich hatte keine Ahnung, was die *Tafel* war, aber da ich ja scheinbar ernst zu nehmende Defizite hatte, was meine Wahrnehmung betraf, schließlich hatte Micha mir das ja auch vorgeworfen, hatte ich nicht die geringste Lust gehabt, Nele auch noch darüber zu befragen, was es mit der *Tafel* auf sich hatte. Also brachte ich erst einmal einen der Rechner zum Laufen und richtete eine Internetverbindung ein. Ich hatte eben *Tafel* als Suchwort eingegeben, als Kevin hereinkam.

»Hallo Jannik. Schön, dass du dich um die Rechner kümmerst. Wenn ich dir einen Tipp geben darf …«

Und dann laberte er einen Mist vom Feinsten. Der hatte ja überhaupt keine Ahnung von Hardware. Unglaublich! Als er endlich fertig war mit seinem Vortrag, blieb sein Blick auf dem Bildschirm mit dem Wikipedia-Eintrag kleben.

»Was kümmert dich denn die *Tafel*?«, fragte er und sein Tonfall kippte von Geschwätzigkeit zu Misstrauen.

»Was kümmert dich denn, dass mich die *Tafel* kümmert?«, fragte ich zurück.

Er zuckte mit den Schultern.

»Nur so. Da arbeiten Typen, die eine fragwürdige Weltanschauung haben.«

Ich schwieg und fuhr den Rechner runter. Und als ich Kevin lange genug ignoriert hatte, sagte er: »Du bist aber nicht sehr gesprächig«, und ging.

Auf dem Heimweg fuhr ich einen Umweg über die Schlossstraße. Ich hatte keine Ahnung, wo die *Tafel* sein sollte. Es kam mir langsam sowieso so vor, als hätte ich überhaupt keine Ahnung von nichts. Jedenfalls von nichts, was wirklich wichtig war.

Als ich am Schloss ankam, stieg ich ab und schob mein Rad. Vor einer Hofeinfahrt drängelten sich jede Menge Menschen mit großen leeren Taschen. Ich blieb stehen. Einige der Leute kamen mir bekannt vor. Da war der Schmitt, der hatte früher mal eine gut laufende Autowerkstatt gehabt, und da vorne stand die jung' Schuster, wie meine Oma ihre Friseurin immer genannt hatte. Was war denn hier los? Wieso mussten die alle für Lebensmittel anstehen? Und das, wo Deutschland doch so reich war?

Argwöhnisch beäugt betrat ich den Innenhof.

»Drängel dich bloß nicht vor, Kerl. Wir warten hier

schon seit fünf Stunden!«, schrie mir einer der Wartenden hinterher.

Ich drehte mich um und rief ihm zu:

»Ich bin kein, äh, ich bin kein … Kunde!«

»Zaungäste brauchen wir auch nicht!«, fiel ein anderer ein.

Ich blieb stehen und betrachtete die Szene. Im Hof befand sich auch eine Traube Menschen. Und ganz vorne waren Tische zusammengeschoben, hinter denen einige Leute eifrig Lebensmittel in Plastiktüten verpackten. Was Kevin nur hatte. Die Mitarbeiter sahen überhaupt nicht suspekt aus. Eine Frau ließ sich Zettel zeigen, und wer einen solchen Schrieb hatte, bekam ein paar Tüten in die Hand gedrückt und kämpfte sich zurück nach draußen. Wer aber keinen Zettel vorweisen konnte, wurde weggeschickt. Eine dicke Frau mit drei Kindern im Schlepptau, die gerade abgewiesen worden war, brach in Tränen aus und beschimpfte die Tafelmitarbeiter. Eine alte Frau klopfte ihr auf die Schulter und schenkte ihr eine ihrer Tüten. Und während sie langsam nach draußen humpelte, bekam die dicke Frau ihren Mund gar nicht mehr zu.

»Jannik, Junge! Was machst du denn hier?«

Erschrocken drehte ich mich um und beinahe hätte ich Oma Regine nicht mehr wiedererkannt. Oma Regine war nicht meine wirkliche Großmutter, sondern Omas beste Freundin. Unter der Woche hatte ich als Kind immer unten in der Stadt bei meiner Oma gewohnt, während meine Eltern an der Uni arbeiteten. Ich hatte es geliebt, mit Oma raus auf den Hof von

Oma Regine zu fahren. Dort hatten wir wie die Blöden Blechkuchen gefuttert und in der Laube gesessen. In meiner Erinnerung hat es im Garten von Oma Regine nie geregnet.

Beschämt stellte ich fest, dass ich mich seit Omas Tod nicht mehr bei Oma Regine gemeldet hatte, und das war nun immerhin schon fünf Jahre her.

»Oma Regine, das Gleiche könnte ich dich fragen.«

Verlegen blickte sie auf ihre Schuhspitzen.

»Na ja, mein Junge, weißt du, seit der Hermann tot ist, da reicht das Geld hinten und vorne nicht mehr. Und es ist ja auch alles teurer geworden. Vor allem die kleinen Dinge, die man jeden Tag braucht.«

Das gab es doch gar nicht! Oma Regine, die immer nur gearbeitet hatte, die morgens schon um sechs mit dem Traktor raus aufs Feld gefahren war, die die Kühe gefüttert, die Melkmaschine bedient und auf dem Markt Eier verkauft hatte, diese Oma Regine bekam nun nicht genug Rente, um davon leben zu können?

»Wenn ich dir irgendwie helfen kann …?«, bot ich an. Aber sie winkte ab und lächelte.

»Es geht schon, mein Junge. Es ist immer irgendwie gegangen.«

Jannik Jarnik, willkommen in der Realität!

Die Begegnung mit Oma Regine war wie ein Schlag vor den Kopf, der mich zunächst betäubte und mich danach die Dinge klarer sehen ließ.

Auf einmal bemerkte ich sie, die traurigen Gestalten, die Kippenreste aufsammelten oder die Mülleimer nach Pfandflaschen durchforsteten oder die im Supermarkt immer nur das Allerbilligste in den Wagen legten, und in der Schule diejenigen, die nie in die Cafeteria gingen, sondern missmutig in ihre Brotdosen griffen, falls sie überhaupt ein Brot dabeihatten.

Und auf einmal begann ich, mich mit den Zeitungen, die bei uns zu Hause in dicken Stößen herumlagen, zu beschäftigen. Aber je mehr ich las und sah, desto deprimierender fand ich es. Es schien, dass es lediglich darum ging, die Reichen immer reicher zu machen, und der Rest fiel eben hinten runter und das scherte niemanden. Und es wollte mir einfach nicht in den Kopf, weshalb Typen, die ganze Konzerne an die Wand gefahren hatten, mit fetten Abfindungen nach Hause gingen und die Mitarbeiter mit einem Hartz-IV-Antrag. Warum war nur noch Geld wichtig? Ich schämte mich für mein Land und meine Ignoranz.

Und während ich früher all das mehr oder weniger nebenbei und unfreiwillig zur Kenntnis genommen und schnellstmöglich wieder verdrängt hatte, weil mir der Bezug zu meiner eigenen Welt gefehlt hatte, trieb mich plötzlich das schlechte Gewissen um. »Mann, du könntest so viel bewegen, aber stattdessen hängst du immer nur vor dem Rechner rum, ziehst dir eine nutzlose Schwarte nach der anderen rein und machst einsame Spaziergänge«, hatte mir Micha vorgeworfen. Mir ging es gut, da musste ich doch irgendwie etwas zurückgeben. Einfach die Hände in den Schoß zu legen und zu beobachten, wie die ganze Sache den Bach hinunterging, war mir auf einmal nicht mehr möglich. Micha hatte recht, ich war manchmal verdammt larmoyant. Aber das würde sich jetzt ändern! Und der Club und die Arbeit mit den Kids schienen mir ein Anfang zu sein und genau so sagte ich das Nele eines Tages, nur das mit Micha, das ließ ich vorsichtshalber weg.

»Das wusste ich, dass du nicht wirklich ein Ignorant bist«, sagte sie und fiel mir um den Hals.

»Du kannst gleich anfangen. Ich meine, um die Rechner hast du dich ja schon gekümmert, aber wir bräuchten noch jemanden für die Hausaufgabenbetreuung.«

Ich nickte. Ein bisschen flau war mir schon. Als Einzelkind hatte ich eigentlich nie was mit Kindern zu tun gehabt. Außer mit Luisa. Aber andererseits, wenn ich es nicht versuchte, würde ich nie herausfinden, ob ich mit den Kids umgehen konnte oder nicht.

Als ich nach der Schule in der *Neuen Freiheit* ankam, lief ich gleich Kevin in die Arme und aus dem Hinterzimmer drang ein ohrenbetäubender Lärm.

»Viel Spaß in der Arena, Kamerad!«, sagte er und grinste sein bescheuertes Kevingrinsen. Ich ignorierte ihn, stieß die Tür auf und war ziemlich aufgeregt. Ich weiß nicht genau, was ich erwartet hatte, aber dass es so derb werden würde, jedenfalls nicht. Geschrei und Gekeife, zwei Jungs hatten einem dritten, der auf dem Boden lag, die Hose runtergezogen, und ein vierter filmte die Szene mit seinem Handy, während der Rest johlte und die anderen anfeuerte. Das also waren sie, die

Kids, um die ich mich kümmern sollte, und dabei kamen sie mir gar nicht vor wie Kids. Irgendwie wirkten sie völlig entmenschlicht auf mich. Eine tollwütige Affenhorde.

Die Bekloppten hatten mein Eintreten gar nicht bemerkt, und es dauerte einen Augenblick, bis ich mich von meinem ersten Schock erholt hatte. Aber dann brüllte ich:

»Krasse Show! Echt endkrass!«

Ich war überwältigt, wie laut meine Stimme sein konnte. Und auf einmal hing eine beunruhigende Stille über dem Raum, eine Stille, in der man den Aufprall von Wattebäuschen wie einen Granateinschlag empfindet, und dann riss ich dem Filmer das Handy aus der Hand und schrie ihn an:

»Soll ich dich auch mal auf den Boden werfen und deinen Schwanz filmen? Ja? Ist es das, was euch Spaß macht?« Und dann drehte ich mich um und schnappte mir eines der Mädels. Ich hatte mich nicht mehr im Griff, aber ich konnte Gewalt einfach nicht ab. Und jemanden, der auf dem Boden liegt, auch noch zu demütigen, war ja wohl das Allerletzte.

»Und du? Findest du es auch geil, wenn zwei Typen dich zu Boden reißen und dein süßer kleiner Hintern dann durchs Netz geistert!? Ja?«

Das Mädchen wich vor mir zurück wie vor einer Erscheinung und kicherte verlegen. Und dieses Kichern brachte mich wieder halbwegs zur Vernunft.

Meinen Einstieg hatte ich ja prächtig verbockt. Ich schwieg und wartete darauf, dass gleich ein Aufstand vom Feinsten losbrechen würde, aber die Kids waren wie die Lämmchen und starrten auf den Boden, und keiner wagte, auch nur den leisesten Mucks von sich zu geben. Ich räusperte mich.

»O.k., dann wollen wir unser Zusammentreffen mal auf eine Basis stellen«, sagte ich schließlich. »Ich bin Jannik, und wenn ihr Fragen zu euren Hausaufgaben habt, könnt ihr mir die stellen und ich helfe euch. Und wenn ihr mit euren Aufgaben fertig seid und Lust habt, dann können wir draußen Fußball spielen. Wenn ihr aber nur hierherkommt, um euch gegenseitig das Leben schwer zu machen, dann könnt ihr gleich wieder gehen. Klar?«

Nickende Köpfe.

»Gut. Dann sucht euch jetzt mal jeder einen Platz und fangt an.«

Und tatsächlich trotteten die Kiddies zu den Tischen, packten Hefte und Stifte aus und schon kamen die ersten Fragen, und ich ging von Bank zu Bank und erklärte mir den Mund fusselig, und ich merkte, dass die meisten überhaupt nicht dumm waren. Und ich war überrascht, wie schnell die kleinen Leute auftauten, und nach einer Weile machte es richtig Spaß.

8

Ich ging nun regelmäßig in den Club und wechselte mich darin mit Greta und Sören ab. Einen Nachmittag sie, einen ich, einen Sören. Es war unglaublich, je länger ich mit den Kids arbeitete, desto mehr gingen sie aus sich heraus, und ich bekam so langsam das Gefühl, dass ich gleich eine Couch aufstellen konnte.

Max kam regelmäßig mit blauen Flecken, weil ihn sein Alter vermöbelte, wenn er besoffen war, und Michelle wog hundertdreißig Kilo, denn ihre Mutter erzählte ihr ständig, dass ihr Leben viel einfacher verlaufen wäre, wenn sie sie abgetrieben hätte, und wenn man sich so erwünscht fühlt, ist es auch kein Wunder, dass man alles in sich hineinstopft, Hauptsache, es hat ordentlich Kalorien.

Und Kim hatte überall Narben und Schnitte, weil sie sich immer ritzte, wenn es bei ihr zu Hause Streit gab. Und dann waren da auch noch Justin und Paul und Alina und Leonie, denen es auch nicht viel besser ging.

Irgendwie konnte ich gut verstehen, dass die Kids gelegentlich total austickten, so viel Dreck wie die schon gefressen hatten. Ich fühlte mich so was von hilflos, weil ich mir ihre Geschichten nur anhören, aber so wenig dagegen tun konnte. Klar, die Kiddies konnten einem auch ganz schön auf die Nerven gehen, aber wenn man sie besser kannte, konnte man mit ihnen richtig was anfangen.

Anfangs war Kevin noch ab und zu in unsere Nachhilfestunden hineingeplatzt und jedes Mal schien er enttäuscht gewesen zu sein, als er sah, dass wir miteinander klarkamen. Aber in letzter Zeit ließ er sich kaum noch blicken, sondern rannte nur hektisch zwischen *Neuer Freiheit* und Sonstwo hin und her, hatte schlechte Laune und – man höre und staune – sprach kaum. Irgendwann hatte ich schließlich Nele gefragt, welchem Umstand wir Kevins neue Schweigsamkeit zu verdanken hatten.

»Der Schenk hat ihn engagiert, um eine Website für die *Neue Freiheit* zu programmieren. Aber irgendwie scheint er nicht recht voranzukommen. Jedenfalls taucht Schenk ständig hier auf und meckert mit Kevin rum«, sagte Nele.

Ich verstand nur Bahnhof und hatte auch keine Ahnung, wieso der Club eine Homepage brauchte und wer dieser Schenk war. Aber Kevin leiden zu sehen bereitete mir große Genugtuung. Und so drehte ich eines Tages den Spieß einfach um, und nun war ich derjenige, der sich jedes Mal, wenn Kevin am Rechner saß, hinter ihn stellte und klugschiss.

Kevin hantierte mit einem unsäglichen Baukastenprogramm herum, in dem Frames vorgegeben waren und je nachdem, welchen Browser man benutzte und wie groß der Bildschirm war, die Aufteilung der Inhalte o.k. war oder eben auch nicht. Und das, was Kevin da veranstaltete, war so ziemlich die grässlichste Site, die die Welt je gesehen hat, und die Contents passten vorne und hinten nicht.

»Wieso machst du das denn nicht mit html? Ich dachte, du bist so ein Crack?«, stichelte ich.

Und als ich wieder einmal versuchte, ihm zu erklären, wie man vernünftige Stylesheets anlegt, sprang Kevin auf einmal wie von der Tarantel gestochen auf und brüllte mich an:

»Halt doch mal die Klappe, du Arsch!«

Ich biss mir auf die Zunge, um nicht laut loszulachen. Sieh mal an, der kleine Schleimer konnte sich ja wie ein echter Mensch artikulieren. Kevin zerrte so wütend an seiner Jacke, die er über seine Stuhllehne geworfen hatte, dass der ganze Stuhl umfiel und eine Naht beunruhigende Geräusche von sich gab.

»Mach es doch selbst, wenn du alles besser weißt!«

Damit drehte er sich um und verließ den Club. Ich klemmte mich vor den Rechner. Dann stand ich doch noch einmal auf, holte mir einen Kaffee und einen Aschenbecher und fing an.

»Was machst du denn da?«, erklang es irgendwann hinter mir. Nele hatte ihren Kopf durch die Tür gesteckt.

»Ach, nix«, antwortete ich.

Nele trat näher und zog die Stirn kraus. »Sieht aber gar nicht nach nix aus«, sagte sie und grinste. »Na dann, viel Erfolg!« Damit verschwand sie wieder und ich machte mich an die Arbeit.

Ich merkte gar nicht, wie die Stunden vergingen, aber schließlich hatte ich den Eindruck, eine akzeptable Homepage programmiert zu haben. Es war mir ein Rätsel, wie sich Kevin für das einfach gestrickte Ding wochenlang verrückt machen konnte. Ich klickte noch einmal alles durch und wollte mich eben zufrieden zurücklehnen, als mir plötzlich jemand von hinten die Hand auf die Schulter legte. Ich fuhr zusammen und ärgerte mich gleich darauf darüber. Das war bestimmt Kevin. Also dachte ich gar nicht daran, mich umzudrehen.

»Wunderbar, Jannik!«, sprach eine tiefe Stimme, die aber garantiert nicht zu Kevin gehörte. Ich drehte mich um und sah, dass ein fetter Typ im Anzug hinter mir aufgetaucht war und mich jovial angrinste. Woher kennt der denn meinen Namen? Ich habe den doch noch nie gesehen, wunderte ich mich.

»Leider habe ich jetzt keine Zeit. Muss gleich wieder los. Wollte nur mal kurz nach dem Rechten sehen« – er gab ein meckerndes Lachen von sich –, »aber ich möchte dir im Namen von allen danken, dass du die Sache so beeindruckend zügig zu Ende gebracht hast. Wir hören voneinander, Jannik.« Damit hieb er mir noch einmal auf die Schulter und ging. Irritiert blickte ich ihm nach.

In den nächsten Wochen nach diesem Erlebnis lief es einfach immer so weiter. Morgens Schule, manchmal hatte ich auch Nachmittagsunterricht und bei der Kiddie-Nachhilfe wechselte ich mich weiterhin mit Sören und Greta ab. Und mittlerweile holte ich Nele fast jeden Abend aus dem Kindergarten ab und wir verbrachten wirklich unglaubliche Nächte miteinander. Meine Eltern bekam ich immer weniger zu Gesicht, aber der Comic von Jannik Jarnik hatte wieder Farbe bekommen. Zwar waren Micha und Aynur noch immer ein Paar, aber Micha war mittlerweile dazu übergegangen, mich ebenso zu ignorieren wie Aynur, und blickte einfach durch mich hindurch. Aber mittlerweile war mir das beinahe egal. Schließlich hatte ich neue Freunde gefunden. Und sollte Micha noch mal lästern, dass ich mein Leben mit historischen Hirngespinsten verplemperte, dann würde ich ihm mal was vom Leben mit den Kiddies erzählen. Immer nur demonstrieren gehen, war das eine, aber auch mal wirklich was zu machen, war noch mal eine ganz andere Sache.

Einmal nahm mich meine Mutter zur Seite und sagte: »Jannik, ich freu mich so für dich. Du bist in den letzten Wochen richtig aufgeblüht. Du hast jetzt wohl eine Freundin?«

Ich grinste vielsagend und sagte: »Kann sein.« Und diesmal verfolgte mich ein sehr beruhigter Mutterblick in mein Zimmer.

Mein Handy riss mich aus dem Tiefschlaf.

»Jarnik«, meldete ich mich verschlafen.

»Ja, Schenk hier«, sagte eine Männerstimme am anderen Ende der Leitung.

In meinem Hirn arbeitete es, aber mit dem Namen »Schenk« konnte es so früh nichts anfangen.

»Wir sind uns in der *Neuen Freiheit* begegnet, als du so souverän die Website vollendet hast«, sagte er und lachte. »Deine Arbeit hat mich sehr beeindruckt.«

Jetzt fiel es mir wieder ein. Das war der Typ, der mir neulich im Club von hinten die Pranke auf die Schulter gelegt und mich zugesülzt hatte.

»Das freut mich«, sagte ich und wunderte mich. Eine

Website zu programmieren war ja nun wirklich nicht so ein Weltwunder, als dass man Leute um acht Uhr morgens und das am Wochenende aus dem Tiefschlaf reißen musste.

»Nun gut, Jannik. Ich darf doch Jannik und du sagen, oder?«

»Ja – klar.«

»Schön, Jannik. Ich würde dich gerne ein wenig besser kennenlernen.«

Was wollte der denn? War das ein Antrag? Dicke Vierzigjährige mit Schlips und Krawatte fielen echt nicht in mein Beuteschema.

»Ich hätte da eventuell einen Job für dich. Vielleicht könntest du für uns auch eine Website basteln? Kannst du heute ein wenig Zeit entbehren? Was würdest du davon halten, wenn wir uns um 15 Uhr im *Goldenen Hirschen* treffen?«

Ich wollte ihn schnell wieder loswerden und noch eine Runde schlafen, also sagte ich zu. Treffen konnte ich mich ja mit ihm, aber ob ich zusagen würde, musste ich erst noch mal überlegen.

»Ja, von mir aus.«

»Dann bis später, Jannik«, sagte er und legte auf.

Mein Gott, der redete ja wie Herr Kevin höchstpersönlich.

Einigermaßen pünktlich um 15 Uhr stieg ich vor dem *Goldenen Hirschen* vom Rad. In diesem Augenblick fuhr ein dunkelblauer BMW vor und Schenk ließ die Scheibe herunter.

»Hallo Jannik! Geh doch schon mal rein und besetze uns einen Platz. Ich komme gleich nach. Nur noch ein kurzes Telefonatchen.« Er fuhr die Scheibe wieder hoch und mit Handy am Ohr kurbelte er in eine Parklücke.

Im *Hirschen* war noch nicht viel los. Huerdler, der Wirt, stand hinterm Tresen und tauchte Weizengläser ins Spülbecken und nickte mir zu. Ich setzte mich ans Fenster und sah hinaus.

»Du bist Jannik, nicht?«

Himmel! Was wussten denn auf einmal alle meinen Namen? Klar war ich früher auch schon mal mit meinen Eltern im *Hirschen* gewesen, aber an eine persönliche Vorstellung konnte ich mich nun weiß Gott nicht erinnern. Trotzdem nickte ich.

»Was magst du denn trinken, Jannik?«, fragte der Wirt.

»Einen Kaffee, bitte.«

»Klar, den sollst du kriegen. Sag mal, du kennst doch den Corvin, nicht?«

»Hm, warum?«, antwortete ich mit einer Gegenfrage.

»Das ist mein Sohnemann. Sag mal, wie macht er sich denn so? Hat er euch nicht schon alle mit seiner Kocherei vergiftet?«

Huerdlers Lachen ging in ein Husten über.

»Nee, wieso? Das ist ganz in Ordnung, was er da so zusammenbraut«, mauerte ich. Konnte der denn seinen Sohn nicht selbst fragen, wie es im Club lief?

»Ich seh schon, ich seh schon, ihr haltet zusammen. Na

ja, das kann mal nützlich werden«, sagte er und verschwand hinter seinem Tresen. Ich hörte das Schnorcheln der Kaffeemaschine und dann kam Huerdler gut gelaunt mit einer Tasse Kaffee an meinen Tisch zurück.

»Der geht aufs Haus.«

»Danke, Herr Huerdler.«

»Ach was, *Herr Huerdler*. Ich bin der Klaus«, sagte Corvins Vater und hieb mir auf die Schulter.

In diesem Moment ging die Tür auf und Schenk betrat den Raum.

»Mensch, Holger. Schön, dass du dich auch mal wieder in dieser strukturschwachen Gegend blicken lässt«, sagte Huerdler.

»Na, wie gehen die Geschäfte, Klaus?«

Huerdler winkte ab.

»Schleppend, Holger, ich kann dir sagen. Aber wie auch? Hat ja kaum einer mehr Geld. Die holen ihr Bier jetzt im Discounter und saufen zu Hause. Wird langsam Zeit, dass hier mal was geschieht.«

»Das wird es, Klaus, das wird es«, sagte Schenk und gab ihm einen jovialen Klaps auf den Rücken. »So, da ist ja unser junges Genie«, wandte er sich schließlich an mich und noch mal an Huerdler: »Bring mal zwei Kurze!«

Schenk quetschte sich mir gegenüber auf die Bank und Huerdler stellte jedem von uns einen Klaren vor die Nase.

»Für mich nicht, danke«, sagte ich.

»Ach was, wir müssen doch anstoßen. Ich will dich ja nicht

zum Alkohol verführen, aber einer geht doch immer. Bist doch schon ein gut gebauter Kerl. Prost!«

Widerwillig stieß ich mit ihm an, stürzte den Schnaps auf ex hinunter und hoffte, dass Schenk endlich zur Sache kommen würde.

»Also, es geht darum: Wir finden es toll, was ihr da in eurem Club auf die Beine gestellt habt, und da uns die Jugendarbeit besonders am Herzen liegt, würden wir euch gerne ein wenig unterstützen. Und noch eine gute Nachricht: Ihr seid nicht allein. Auch in anderen Gegenden gibt es Clubs wie euren. Und wäre es da nicht schön, wenn ihr euch ein wenig vernetzen könntet?«

Ehe ich irgendetwas dazu sagen konnte, sprach er weiter.

»Ich hatte ja schon einmal einen Ansprechpartner in eurem Club, mir fällt jetzt eben der Name nicht ein. Dieses gebügelte Bürschchen mit der Brille. Aber ich muss sagen …« Er fuhr sich mit der Hand über die Lippen und blickte mich lange an.

»Nun, wir waren ein wenig enttäuscht«, sagte er schließlich.

Sieh an, Kevin-Schleimi! Der Schnaps brannte in meiner Kehle.

»Weißt du, Jannik. Die Jungs und Mädels im Club sind zwar alle sehr nett, aber es sind nun nicht alles die Hellsten. Und da wir wie gesagt von dem Brillenbürschchen ein wenig enttäuscht sind, würden wir uns freuen, wenn du von nun an seine Aufgabe übernehmen würdest. Nele hat für dich gebürgt, dass du absolut zuverlässig und vertrauenswürdig bist. Was würdest du also davon halten, ein wenig durch unser schönes Deutschland zu kurven und dich mit Gleichgesinnten zu treffen?«

Meine Hände wurden feucht vor Aufregung. Gleichzeitig fühlte ich mich unwohl. Was meinte er denn mit Gleichgesinnten? Und wieso sollte ich durch die Gegend fahren? Programmieren ließ sich doch prima von zu Hause aus. Andererseits – Kevin würde Augen machen. Aber was hatte Nele mit Schenk zu schaffen? Offenbar kannte ich noch immer nicht alle kleinen Geheimnisse Prinzessin Lillifees.

»Du bist doch bestimmt in der Lage, so eine Art Plattform zu gestalten, wo Leute diskutieren und sich treffen können?«

Herrje, der hatte ja überhaupt keine Ahnung! Meinte der nun einen Chat oder einen Blog? Trotzdem nickte ich.

»Wunderbar, Jannik. Wunderbar. Natürlich bezahlen wir dich auch für deine Mühen.«

»Nein, das ist wirklich nicht nötig«, wehrte ich ab.

»Doch, Jannik. Gute Arbeit verdient guten Lohn. Auch wenn das in diesem Land selten geworden ist«, sagte er und zwinkerte mir zu.

Albern, aber dieses Zwinkern jagte mir einen Schauer über den Rücken. Auf gar keinen Fall wollte ich Geld von diesem schmierigen Typen annehmen.

»Wenn Sie darauf bestehen, dann überweisen Sie das Geld eben an den Club.«

Schenk lachte unangenehm laut und hieb mir mit seiner Pranke auf die Schulter.

»Sieh an, das nenne ich eine grundanständige Gesinnung. Dann sind wir uns also einig. So, ich muss dann mal wieder.« Er stand auf und legte einen Fuffi auf den Tresen. Huerdler wollte ihm rausgeben, aber Schenk winkte ab.

»Kleine Aufbauhilfe.« Ehe er das Lokal verließ, drehte er sich noch einmal zu mir um und sagte: »Du bist bald ein wichtiger Mann, Jannik Jarnik. Ich rufe dich dann an, wenn es losgeht. Ich habe ja deine Telefonnummer.«

Ja. Er hatte meine Nummer, und aus irgendeinem Grund war ich nicht wirklich glücklich darüber. Aber andererseits – er hatte mich ja nicht zu Wort kommen lassen und ich, ich hatte ihm nichts versprochen.

9

Als ich am Samstagmorgen aufwachte, war ich prächtigster Laune. Das Wochenende stand vor der Tür und am Abend sollte Finns Party steigen. Und: Er hatte mich eingeladen. Unglaublich, dass er seinen Fünfundzwanzigsten ausgerechnet in unserem Kaff und nicht in Berlin feierte.

Gegen acht Uhr abends brach ich von zu Hause auf, und als ich mich eine halbe Stunde später im Hinterhof der

Neuen Freiheit eben vom Rad schwingen wollte, wurde ich plötzlich von hinten gepackt und zu Boden gerissen und dann prasselten auch schon Tritte auf mich ein. Ein heftiger Schmerz durchfuhr mich, ich krümmte mich, japste nach Luft, versuchte aufzustehen, und als ich merkte, dass das nicht ging, stieg eine unglaubliche Panik in mir auf.

»Hab ich mir's doch gedacht. Du machst bei denen mit. Du Arschloch machst tatsächlich bei denen mit!«

Micha stand über mir, die Kapuze tief in die Stirn gezogen. »Dass du mal so die Seiten wechseln würdest, das hätte ich echt nicht von dir gedacht.«

»Selber Arschloch! Wer hat denn behauptet, dass ich nichts tun würde und immer nur nutzlose Schwarten lesen würde, hm?!«, ächzte ich. »Und jetzt tu ich was, und weißt du was? Ich werde noch viel mehr tun! Na los, schlag doch zu! Damit wirst du mich aber auch nicht mehr aufhalten. Komm schon!«

»Jannik, ich bring dich um!« Micha holte aus, aber in diesem Moment klapperten Finn und Sören mit ihren Bierkästen um die Ecke.

»Hey, was geht denn hier ab?« Finn ließ seinen Kasten fallen. Die Flaschen klirrten, Finns Hand verschwand für einen Augenblick in seiner Hosentasche und schon war sie wieder draußen und hielt eine lange glänzende Klinge. Und Sören hieb mit einer vollen Bierflasche gegen die Hauskante und näherte sich Micha drohend mit dem abgebrochenen Flaschenhals.

»Du verfluchtes Zeckenarschloch! Lass sofort Jannik los!« Micha ließ von mir ab und wich langsam vor den beiden zurück. Dann auf einmal drehte er sich um und rannte auf die Mauer zu, sprang hoch, verfehlte die Kante, stürzte, rappelte sich wieder auf. Finn und Sören stürzten hinter ihm her, Michas Hände hatten die Mauerkrone erwischt, er zog sich hoch, Sören erwischte seinen Turnschuh, ich hörte einen dumpfen Aufprall und Micha war hinter der Mauer verschwunden.

»Was für ein blöder Wichser!« Sören schüttelte seinen Kopf und spuckte aus. Und Finn beugte sich zu mir herunter und fragte: »Hey, alles o.k.?«

Ich zwang mich zu einem Lächeln. »Alles klar, Mann.«

Finn zog mich hoch und auf die beiden gestützt gingen wir nach drinnen. Es war rammelvoll. Kein Wunder, mit so einem kühlen Typen wie Finn wollten natürlich alle befreundet sein.

Als Nele uns sah, kam sie auf mich zugestürzt. »Och, mein armer Schatz, was ist denn passiert?«

Sören und Finn bugsierten mich zu einem der Sofas, und Nele stürzte los, um Jod aufzutreiben, denn ich hatte eine Menge Schrammen im Gesicht. Finn musste schon ordentlich vorgeglüht haben, denn er hatte einen leichten Zungenschlag.

»Wirklich alles o.k.?«, fragte er mich.

Ich nickte. Finn grinste. »Na, dann kann ich ja wieder den Gastgeber spielen.« Damit zwängte er sich durch die

Menge, schüttelte Hände, umarmte Leute und nahm Geschenke entgegen.

Nele kam mit dem Jod zurück und betupfte meine Wunden. Es brannte höllisch.

»Na du machst ja Sachen. Wie ist denn das passiert?«, wollte sie wissen. Und während ich ihr erzählte, was vorgefallen war, schwang sich Finn auf den Tresen, griff sich ein Mikrofon und begann damit, so etwas wie eine Rede zu halten.

»Schön, dass so viele von euch gekommen sind. Aber bevor es jetzt so richtig ans Feiern geht, möchte ich noch ein paar Worte verlieren, denn diese Woche in der Hauptstadt ist es mir wieder besonders aufgefallen: Schaut euch um in unserem Land, seht ihr nicht die Kälte einer Welt, die skrupellose Manager ihr aufgebürdet haben? Jeder kämpft für sich allein und hat letztlich doch keine Chance. Die Wurschtigkeit hat gesiegt. Hier die konsumgeilen Spießer, die sich nur für den neuesten Schrott eines schwedischen Konzerns und die Belanglosigkeiten eines wochenendlichen Discoaufenthalts interessieren und auf der anderen Seite das degenerierte Pack, das mit Chips vor dem Fernseher lümmelt und sich niemals mehr von dort erheben wird. Saufen, fressen, konsumieren, soll das unser Lebensinhalt sein?«

»Nein! Wir wollen handeln!«, rief Greta und die anderen fielen mit ein.

Finn wartete, bis sie sich wieder beruhigten. Dann griff er das Stichwort auf:

»Genau, handeln, das ist es, worauf es ankommt. Weg mit Hartz IV, nein zum kapitalistischen, menschenverachtenden System der USA und seiner Erfüllungsgehilfen. Wir könnten den klassischen Weg gehen und eine Partei aufbauen, aber wir sehen ja jeden Tag, dass diese zähen Instrumente keine Wirkung haben. Von daher liegt es an uns, eine außerparlamentarische Gegenmacht zu bilden und dadurch wirklich etwas zu bewirken. Und es wird uns eine Ehre sein!«

»Außerparlamentarischer Widerstand!«, rief Kevin und die anderen jubelten.

Wieder wartete Finn, bis sich seine Gäste beruhigt hatten.

»Genau. Außerparlamentarischer Widerstand. Aber –«, er machte eine Kunstpause. »Aber um unsere Ziele umsetzen zu können, müssen wir im Verborgenen agieren. Vernetzt müssen wir sein, aber zugleich dürfen wir uns nicht einheitlich organisieren, damit die Staatsmacht nicht ohne Weiteres Zugriff auf uns hat. Und von daher, Freunde, wie heißt unser Zauberwort?«

»Verschwiegenheit! Verschwiegenheit!«, brüllten alle.

Ein seltsames Gefühl machte sich in mir breit. Sprechchöre waren mir immer suspekt gewesen, aber gleichzeitig fühlte ich mich von der Dynamik seiner Worte mitgerissen. Ich verstand nicht alles, aber ja, ich wollte etwas tun! Und ich würde Micha, diesem Volltrottel, zeigen, was ich konnte! Und wenn das hier wirklich Nazis waren, dann waren sie allesamt nicht so schlimm, wie Micha immer behauptet hatte. Im Gegenteil! Manche waren sogar sehr nett. Und von denen hatte mich auch noch nie jemand vom Rad gezerrt und getreten.

»Widerstand!«, hörte ich mich auf einmal mit den anderen rufen und in diesem Moment fing ich Neles Blick auf, der gerade äußerst wohlwollend auf mir ruhte, und ich umfasste sie von hinten und küsste ihren Hals.

»Genau! Wir sind der Widerstand! Und nun wünsche ich euch allen ein rauschendes Fest!« Damit kletterte Finn vom Tresen und begann, seine Geschenke auszupacken. Corvin schlug sich zur Anlage durch und spielte DJ und langsam kam Partystimmung auf. Grüppchen bildeten sich, aus denen immer wieder Kichern und Lachen drang, einige Pärchen tanzten eng umschlungen oder knutschten und einige stürmten den Tresen oder hingen chillig auf dem Sofa herum. Auf einmal ging die Musik aus. »Corvin, du Vollidiot, mach mal die Mucke wieder an!«, rief jemand von einem der hinteren Sofas. Ich befreite mich aus Neles Umarmung, und da sah ich, dass Schenk das Mikrofon ergriffen hatte. Nele saß auf einmal kerzengerade da und starrte gebannt in Richtung Schenk, der Anstalten machte, eine Rede zu schwingen:

»Liebe Freunde, bitte entschuldigt, dass ich in eure Party platze, aber es ist mir natürlich auch ein Anliegen, Finn die herzlichsten Glückwünsche zu seinem Geburtstag auszusprechen. Im Namen der gesamten Organisation. Er leistet hervorragende Arbeit für uns, und wir können stolz darauf sein, einen solch schlagkräftigen jungen Mann wie ihn in unserer Mitte zu haben. Des Weiteren können wir uns alle zum Erfolg unserer Organisation gratulieren. Wir haben in den letzten Monaten bedeutende Fortschritte gemacht, was die Mitgliederzahlen betrifft, und können mittlerweile zahlreiche Hilfsangebote von der Beratung von Langzeitarbeitslosen über die Kinderbetreuung bis hin zu Zeltlagern und Jugendfreizeiten für uns verbuchen. Aber – nichtsdestotrotz sind wir noch nicht am Zieleinlauf angekommen. Nicht nur Verschwiegenheit ist wichtig, sondern auch die geschickte Vernetzung unserer freien Kräfte. Bei Letzterem haben wir in den letzten Monaten jedoch leider keine großen Erfolge verbuchen können. Ursache hierfür ist die Untätigkeit – vielleicht ist es aber auch nur die Unfähigkeit – eines Einzelnen. Ich möchte hier jetzt keine Namen nennen. Jedenfalls wird ab heute Jannik dafür zuständig sein. Er wird die Zusammenarbeit der einzelnen Gruppen koordinieren, da er mir für diese verantwortungsvolle Aufgabe etwas geeigneter erscheint als«, er machte eine bedeutsame Pause und blickte in Kevins Richtung, »als sein Vorgänger.«

Es dauerte einen Augenblick, bis Kevin begriff, dass Schenk eben offiziell seine Entthronung bekannt gegeben hatte. Die anderen klatschten und Nele wurde mindestens einen Zentimeter größer vor Stolz, und Kevin bekam eine rote Birne und schien den Tränen nahe zu sein. Beinahe tat er mir leid. Aber er hatte sich schnell wieder gefangen, seine Züge nahmen einen harten Ausdruck an. Die Augen nur noch Schlitze, bahnte er sich einen Weg zu mir:

»Na warte, Bürschchen, das wird dir eines Tages noch einmal verdammt leidtun.«

Damit ließ er mich stehen und ging. Und ich war noch viel zu sehr damit beschäftigt, zu verdauen, was ich gerade gehört hatte. Wie kam Schenk eigentlich dazu, mich einfach einzusetzen, ohne dass er ein definitives Ja von mir hatte? Nele sah Kevin belustigt hinterher.

»Was für ein Penner«, sagte sie und dann umarmte sie mich. »Ich bin so stolz auf dich, mein kleiner Ignorant.«

Ich knuffte sie, aber ich fühlte mich hin- und hergerissen. Einerseits, ja, ich fühlte mich geschmeichelt und Kevins Absetzung hatte ich mit größter Genugtuung zur Kenntnis genommen. Aber andererseits – wollte ich wirklich so eng für und mit Schenk arbeiten? Und dann hatte er diese ganze Angelegenheit auch noch einfach über meinen Kopf hinweg entschieden. Aber andererseits, irgendwie wollte ich es Micha zeigen.

Auf einmal legte mir jemand von hinten die Hand auf die Schulter.

»Jannik, darf ich dich kurz stören?« Schenk mit seinem Angefasse konnte einem wirklich auf die Nerven gehen. Doch nach der Abfuhr, die er Kevin erteilt hatte, verzieh ich ihm alles.

»Können wir draußen sprechen?«

Ich nickte und folgte ihm auf die Straße.

»Wie ich dir vorausgesagt habe, Jannik Jarnik – du bist jetzt ein wichtiger Mann.«

Fragend sah ich Schenk an.

»Jannik, wir müssen unsere Kräfte bündeln, damit das Land nicht endgültig im Chaos versinkt, und du wirst uns dabei helfen. Du wirst ein schlagkräftiges Netzwerk errichten und dafür wirst du uns eine kolossale Weltnetzpräsenz basteln.«

Ja, ausnahmsweise hatte Schenk recht. Das Land ging den Bach runter und dagegen musste etwas getan werden. Und wenn es sein musste, eben mit Leuten wie Schenk und seiner – wie er es nannte – kolossalen Weltnetzpräsenz, und dann würde Micha staunen, dass der weltfremde Bücherwurm Jannik tatsächlich was bewegen konnte.

10

Einige Tage später hatte mich meine Mutter mit einer Einkaufsliste bestückt, und ich war gerade mit Taxi auf dem Weg in den Supermarkt, als ich Schenks BMW vor dem *Goldenen Hirschen* stehen sah. Was hatte der denn schon wieder mit dem Huerdler zu schaffen? Neugierig trat ich näher und sah, dass an der Eingangstür ein Schild hing:

Heute geschlossene Gesellschaft

Ich wollte durch die Scheiben linsen, aber die Vorhänge waren zugezogen. Was sollte denn diese Heimlichtuerei?

Schließlich fand ich ein Fenster, hinter dem der Vorhang einen kleinen Spalt auseinanderklaffte. Sämtliche Tische des Schankraums waren zusammengeschoben, mit weißen Tischdecken bedeckt und in regelmäßigem Abstand standen Vasen mit rosa Nelken. Ein Traum. Corvins Vater hatte sich ja beinahe selbst übertroffen. Wahrscheinlich hatte er zur Feier des Tages auch noch geblümtes Toilettenpapier auf dem WC verteilt. Willkommen im Land des schlechten Geschmacks!

Jede Menge Volk in schlecht sitzenden Anzügen hockte herum. Ein paar Frauen waren auch darunter. Sie hatten sich in Kostümchen gezwängt, und man sah ihnen an, dass sie die nur trugen, weil sie dachten, dass sie darin seriös aussähen. Schenk stand an der Rückwand und fummelte an einem Videobeamer herum.

Auf einmal hörte ich, wie jemand die Türklinke drückte. Mit einem Satz war ich vom Fenster weg und tat so, als wäre ich intensiv damit beschäftigt, den Karabinerhaken der Hundeleine an Taxis Halsband zu befestigen.

Der Wirt kam heraus und ihm stand die Ungeduld förmlich ins Gesicht geschrieben.

»Hallo Jannik! Na, immer mit dem Hund unterwegs, was?«, sagte er und kam auf uns zu. Als er sich hinunterbeugte, um Taxi zu streicheln, fing der Hund an zu knurren. Das machte er sonst nur bei Nele. Ich zog ihn kurz an der Leine, damit er aufhörte, aber Taxi stellte das Nackenfell auf.

Huerdler trat einen Schritt zurück und winkte ab.

»Schon gut. Ich warte auf den Metzger. Der Hermann wollte schon vor einer halben Stunde hier sein und die kalten Platten bringen.« Er warf seine nur halb aufgerauchte Kippe in den Kies und trat darauf herum, als hätte er ein ekliges Insekt unter der Sohle.

»Das ist ja ärgerlich«, sagte ich, um wenigstens irgendwas zu sagen. Eine Pause entstand. Schließlich fragte ich: »Na, Sie haben heute wohl große Gesellschaft? Heiratet wer?«

»Jannik, wie oft denn noch? Ich bin der Klaus und *du*. Nee, niemand heiratet. Der Schenk hält heute großen Vortrag. – Wenn er seine Technik irgendwann zum Laufen kriegt.« Er lachte ein heiseres und schadenfrohes Lachen. Auf einmal schlug er sich an die Stirn.

»Mensch, Jannik! Du bist doch so ein Technikgenie. Komm mal mit rein und hilf der Großfresse, sonst hampelt der heute Abend noch damit herum.«

Und ohne meine Antwort abzuwarten, zog er mich in Richtung Gastraum. Ich befreite mich noch einmal kurz von seinem Arm und band Taxi an eine Laterne. Taxi winselte und sah mich vorwurfsvoll an. So hatte er sich seinen Nachmittag wohl nicht vorgestellt.

Aus dem Schankraum drang ein Raunen. Corvins Vater öffnete die Tür und schob mich vor sich her.

»Ich habe euch wen mitgebracht. Die Jugend wird euch Graubärten ein wenig auf die Sprünge helfen«, sagte er. Plötzlich waren alle Augen auf mich gerichtet, und ich staunte nicht schlecht, als ich sah, wer sich hier alles herumtrieb. Da war der Meier, der die Großbäckerei im Nachbarkaff betrieb, und der Schulze von der Tankstelle und Stefan Kobelnik, der Betreiber des *Absturzes*, einer Großraumdisco, die aber überhaupt nicht gut lief, weil sie viel zu groß war für die wenigen Leute in der Gegend. Trotzdem gab es das *Absturz* schon seit zehn Jahren. Man munkelte, dass Kobelnik hier nur die Kohle wusch, die er eigentlich mit illegaler Prostitution machte. Und ich glaubte es kaum, ganz hinten in einem mausgrauen Kostümchen die Kestner, die aschenputtelige Referendarin, die seit der Ausgabe der Zwischenzeugnisse an unserer Schule herumgeisterte. Ich selbst hatte sie ja nicht, aber Enzi, mit dem ich in letzter Zeit gelegentlich in den Pausen und im Zug schwatzte, sagte, dass sie ziemlich fragwürdiges Zeug faselte, wenn ihr Betreuer nicht dabei war. Kaum zu glauben, jeden Zweiten hier kannte ich zumindest indirekt. Es schien mir, als hätte sich die halbe Lokalprominenz eingefunden.

»Tach«, sagte ich in die Runde und Klaus schob mich weiter in Richtung Schenk.

»Lass dir helfen, Holger!«

Schenk brummte irgendwas Unverständliches, ließ aber schließlich vom Beamer ab.

»Jannik!«, sagte er und grinste. Dann wandte er sich an die Leute. »Das ist Jannik. Jannik Jarnik. Unsere große Hoffnung aus der *Neuen Freiheit*. Er hat die Zwischennetzpräsenz für den Club in null Komma nix gemacht und wird uns nun helfen, unsere Freien Kameraden ein wenig zu koordinieren. Ich sage euch, der Kerl hat ganz schön Potenzial. Der wird noch mal ein ganz Großer. Ihr könnt offen zu ihm sein. Der gehört zum inner circle.«

Ich merkte, wie mir das Blut ins Gesicht schoss. Was laberte der denn da für ein Zeug?

»Ähm, soll ich mal?«, fragte ich, um von der Bühne zu kommen, ehe Schenk noch mehr Peinlichkeiten absonderte. Und bevor er antworten konnte, machte ich mich am Beamer zu schaffen. Es war vollkommen lächerlich. Schenk hatte lediglich das RGB-Kabel in den falschen Ausgang gesteckt und den Beamer auf Standby gestellt, anstatt ihn einzuschalten. In einer halben Minute war die Sache erledigt. Power. Das Logo des Beamerherstellers wurde an die Wand projiziert und kurz danach tauchte das schwarz-weiß-rote Logo der NPD und der Schriftzug *Heimat, Familie, Arbeit* auf.

Ich musste kurz schlucken. Das Volk applaudierte.

»Es läuft jetzt«, teilte ich Schenk unnötigerweise mit und der legte mir schon wieder die Hand auf die Schulter.

»Ich wusste doch, dass man sich auf dich verlassen kann, Jannik.«

»Ähm, ja, ich muss dann mal wieder«, sagte ich.

»Wie du meinst«, sagte Schenk, beachtete mich nicht weiter, und ich sah zu, dass ich Land gewann.

Draußen musste ich mich erst einmal gegen eine Wand lehnen. Ich hatte mich also von der NPD einkaufen lassen. Ihr Geld kam jetzt dem Club und den Kiddies zugute.

F...! Micha hatte recht gehabt. So was muss man erst mal verdauen und auf einmal war mir verdammt flau im Magen.

Die Sache mit Schenk und der NPD und der *Neuen Freiheit* machten mir ganz schön zu schaffen. Ich wendete die Dinge hin und her, versuchte Bilanz zu ziehen. Hatte es mich wirklich so sehr überrascht? So naiv konnte ich doch gar nicht gewesen sein. Aber wenn ich es geahnt hatte, warum war ich dann da, wo ich jetzt war? Und bedeutete es nicht im Umkehrschluss, dass ich, wenn ich es gewusst und mich trotzdem auf die Sache eingelassen hatte, genau dort sein wollte?

Jannik Jarnik, der Held dieses Comics, der mein Leben war, verstörte mich gerade zutiefst und hatte nicht den Schimmer einer Ahnung, wie der Comic ausgehen würde.

Es half nichts, ich musste die Sache durchleuchten. Irgendwas zog mich an. Nele – na klar. Die *Neue Freiheit* – dort fühlte ich mich wohl. Schenk – war ein Arsch, aber er öffnete Türen. Die Welt ging den Bach runter, die Leute verarmten, die klassischen Parteien versagten mit ihrer Pseudodemokratie. Es bestand akuter Handlungsbedarf. Also, was tun?

Und wenn man sich die Sache nämlich einmal näher betrachtete, wer war es denn, der vor Ort wenigstens versuchte, irgendwas zu ändern? Was taten denn die feinen Parteiheinis von CDU und SPD und FDP und den Grünen? Reden schwingen und Luftballons verteilen. Wie toll! Vielleicht war ich ja tatsächlich der kapitalistischen Propaganda aufgesessen und vielleicht waren ja die von der NPD die Guten? Und selbst wenn sie es nicht waren, kam von ihnen wenigstens Unterstützung für unseren Club und die konnten wir nun wahrlich gut brauchen. Ich musste ja nicht gleich in die NPD eintreten, aber was wir in der *Neuen Freiheit* machten, daran gab es doch nichts zu meckern. Das war doch wirklich nur gut. Die Zeichen standen auf Sturm und Revolutionen fangen ja bekanntlich von unten an, und ich, Jannik Jarnik, war mittendrin in dieser Keimzelle des Widerstands, und weshalb sollte ich all meine neu gewonnenen Ideale aufgeben, nur weil es da zufällig einen Unterstützer aus der NPD gab? Nein! Und falls das mit Schenk schiefgehen sollte, konnte ich den ja immer noch abschießen, schließlich war der ja mindestens so doof, wie er fett war.

11

Einige Wochen nach Finns Party hatte Schenk mich am Wochenende mal wieder aus dem Schlaf geklingelt und ins *Altstadtcafé* zitiert, wo er mir seine genaue Strategie mitteilen wollte. Und ich erhob mich willig zu Unzeiten aus dem Bett, verließ mit Taxi das Haus und war noch reichlich unterkoffeiniert, aber auf gewisse Weise seltsam euphorisch, als ich schließlich die Tür zum *Altstadtcafé* aufstieß.

Schenk war der einzige Gast, er saß mit dem Rücken zur Tür und drehte sich um, als ich das Café betrat:

»Jannik! Setz dich. Ich habe uns schon lecker Frühstück bestellt.«

Und tatsächlich türmten sich Brötchen, Wurst, Käse und Marmeladen und verschiedene Teilchen und Kuchen vor Schenks Platz. Ich ließ mich nieder. Der Schenk brauchte sich über seine Figur nicht zu wundern.

Die Bedienung scharwenzelte die ganze Zeit um ihn herum, schäkerte und gurrte und sah in ihrer schwarz-weißen Tracht aus wie ein verliebter Pinguin. Ich bestellte einen Kaffee, und als der Pinguin erneut angewatschelt kam, brachte er mir Besteck und einen frischen Teller.

Schenk beugte sich über den Tisch.

»Greif nur fest zu, Jannik!«

Am liebsten hätte ich überhaupt nichts angerührt. Irgendwie ekelte ich mich davor, mit Schenk am gleichen Tisch zu essen, aber ich hatte auf einmal so einen unglaublichen Hunger.

Zuerst nahm ich nur eine Scheibe Wurst und ein halbes Brötchen und vermied den Blickkontakt mit Schenk, aber dann überfiel mich doch die Gier und ich futterte mich durch die Köstlichkeiten wie eine Raupe durch den Salat. Als ich Schenks belustigten Blick auffing, ärgerte ich mich über mich selbst. Beinahe hätte ich mich verschluckt.

»Jannik, wir erwarten noch einen Überraschungsgast«, fing Schenk auf einmal an. »Wir haben beschlossen, ihn dir bei deiner Arbeit an die Seite zu stellen, damit du einfach mal siehst, wie die Sache funktioniert.«

Ich musste wohl etwas irritiert geguckt haben, jedenfalls lenkte Schenk gleich ein:

»Es ist ja nur am Anfang. Aber davon mal abgesehen bin ich mir sicher, dass ihr bestens miteinander klarkommen werdet.«

Na, toll! Erst hypte mich der Typ und laberte mich zu, wie wichtig ich war, und nun wollte er mir einen Aufpasser schicken. Und woher wollte denn ausgerechnet der bekloppte Schenk wissen, dass wir uns verstehen würden? So ein Penner! Schlagartig völlig demotiviert rührte ich lustlos in meiner Tasse herum. Ich war so mit mir und meinem plötzlichen Groll beschäftigt, dass ich gar nicht bemerkt hatte, dass ein anderer Gast das *Altstadtcafé* betreten hatte. Erst als mir jemand übermütig von hinten einen solchen Stoß verpasste, dass ich meinen Kaffee über das weiße Tischtuch verschüttete, drehte ich mich um. Vor mir stand Finn.

»Was machst du denn hier?«, entfuhr es mir.

Finn grinste mich breit an. Wieder einmal fiel mir auf, wie sympathisch dieser Typ war. Es war echt die Wucht.

»Tja, Jannik, scheint, als wäre mir meine kleine Überraschung geglückt. Ihr beiden seid jetzt praktisch Kollegen«, antwortete Schenk anstelle Finns.

Finn zog sich einen Stuhl heran, und der Pinguin brachte auch ihm Teller und Besteck, um dann wieder den Schenk anzugurren wie eine verliebte Taube. Ebenso wie ich stürzte sich Finn auf das Frühstück.

Nach und nach füllte sich das Café, und ständig traten Leute an unseren Tisch, die Schenk grüßten, sodass er gar nicht richtig dazu kam, mir meine Mission und Finns Anwesenheit zu erklären.

»Sie kennen aber ganz schön viele Leute, Herr Schenk«, sagte ich schließlich, als mal gerade niemand an unserem Tisch stand.

»Nun ja, Jannik mein Freund …« Schenk legte mir wieder einmal seine dicke Pfote auf die Schulter. »Kontakte sind in dieser Zeit sehr wichtig. Äußerst wichtig. Aber das wirst du ja bald selbst zu spüren bekommen.«

Er lachte, und ich hatte das Gefühl, dass die Stelle meiner Schulter, auf der noch immer seine Hand lag, nicht nur warm, sondern langsam auch feucht wurde. Da war er wieder, dieser Ekel. Und dass er mich neuerdings immer *mein Freund* nannte, machte es auch nicht besser.

»Um die Sache mal auf den Punkt zu bringen, Jannik. Wir haben uns folgende Strategie überlegt«, er machte eine Pause und lächelte selbstgefällig, »Lagerfeuer und Laptop. Na, wie klingt das?«

Es klang bescheuert. Vollkommen bekloppt. Und ich fragte mich ernstlich, warum Schenk immer von *wir* laberte. Oder konnten die in der NPD nur im Kollektiv denken?

»Ich will dir mal kurz erklären, was wir damit meinen.«

Da war es wieder, das *wir*.

»*Lagerfeuer*, das ist Finn, und *Laptop*, das bist du, mein Freund.«

Ich legte genervt den Kopf schief. Finn sah von seinem Lachsbrötchen auf, zwinkerte mir zu und verdrehte die Augen. Aber Schenk war so in seinem Element, dass er das gar nicht bemerkte.

»Ihr beiden«, damit bettete er seine andere Pranke auf Finns Schultern, »ihr beiden, ihr werdet gemeinsam durch das Reich reisen. Finn ist ja schon weit herumgekommen und hat mit nahezu allen relevanten Gruppen Zeltlager und Überlebensübungen durchgeführt. Aber, und da kommst nun du ins Spiel, mit den Zwischennetzverbindungen klappt das noch nicht so richtig. Ganz zu schweigen von den einzelnen Weltnetzpräsenzen. Und damit das zukünftig alles besser funktioniert, wirst du vor Ort Schulungen durchführen, und wenn du willst, kannst du natürlich auch mit Finn und den anderen im Wald schlafen. Na, mein Freund, wie klingt das?«

Aus Schenks Mund klang beinahe alles bekloppt, aber die Vorstellung, mit dem kühlen Finn durch die Weltgeschichte zu gondeln und mich ein wenig um die Rechner zu kümmern und vielleicht während der Zeltlager noch ein bisschen Sozialarbeit zu leisten, das klang äußerst verheißungsvoll.

Entnervt blickte ich auf die Uhr. Mein Rucksack stand gepackt in der Ecke des Klassenzimmers und Aynurs und

Michas Gefummle unter dem Tisch ging mir sonst wo vorbei. Ungeduldig rutschte ich auf meinem Stuhl herum.

»Na, Jannik, hast du dich auf eine Hummel gesetzt?«, spottete die Baumann. Sehr komisch! Den gab sie bestimmt schon seit zwanzig Jahren zum Besten. Die hatte ja überhaupt keine Ahnung. Nachher ging es mit Finn auf große Fahrt. Was sollte also all das hier noch?

Endlich ertönte der Gong zum Schulschluss und ich schoss von meinem Stuhl hoch, riss den Rucksack aus der Ecke und spurtete los. Aynur saß noch, und als ich an ihr vorbeirannte, war mir für einen Augenblick, als blickte sie mir irritiert hinterher.

Draußen auf dem Hof stand Finns uralter tarngrüner VW-Bus mit laufendem Motor, die Beifahrertür stand einladend offen und aus dem Inneren des Fahrzeugs dröhnte Feindflug.

Mit einem Satz sprang ich in den Bus, und noch ehe ich die Tür richtig zugezogen hatte, rollten wir auch schon los.

Dieser Herbstfreitag war vom Feinsten und meine Welt leuchtete in Blau und Rot und Gelb, ein Farbkasten, mit dem ich dem Comic meines Lebens mal ein wenig Farbe verpassen würde.

Die Sonne knallte durchs Fenster und ich kurbelte die Scheiben nach unten und sog gierig die Luft ein. Ein wenig roch es schon nach Pilzen und fallendem Laub, aber ein wenig war da auch noch der Duft vom Sommer. Es war so warm, dass man glatt noch mal hätte baden gehen können.

»Alter, wie wäre es, wenn wir unterwegs noch mal in einen See springen würden?«, fragte Finn.

Ich lachte. »Hey, Mann, kannst du Gedanken lesen oder was?«

»Wollen wir noch mal an den alten Steinbruch?«

Eine dunkle Wolke zog im Comic von Jannik Jarnik auf und in das ganze schöne Blau und Rot und Gelb mischten sich auf einmal jede Menge Grau und Braun. Die Insel wollte ich am liebsten nie wiedersehen. Oder doch. Natürlich. Aber nur allein.

»Hey, Mann, was ist? Warum ziehst du denn so eine Fresse? Wenn es dir da nicht gefällt, kein Problem. Auf unserer Strecke kommen noch genug Seen.«

Als er das sagte, wurde meine Welt wieder etwas farbiger.

»Hey, Alter, dann lass uns erst mal ein Stündchen fahren.«

»Du bist der Chef!«, sagte Finn und knuffte mich in den Oberarm.

Mann. Der Typ war echt klasse. Der merkte von alleine, wenn man irgendwas nicht wollte, bohrte nicht lang rum und ersparte einem das große Blabla. Fast keimte in mir so etwas wie Dankbarkeit Schenk gegenüber auf, dass er mir diesen grandiosen Typen an die Seite gestellt hatte.

Ich musste ein wenig gedöst haben, jedenfalls wurde ich durch einen plötzlichen Ruck wach. Finn hatte den VW-Bus durch eine scharfe Bremsung mitten in der Pampa zum Stehen gebracht. Hibbelig, wie Finn war, sprang er nach draußen und riss sich sein T-Shirt vom Leib. Sein Body konnte einen schon ein bisschen neidisch machen. Noch etwas dröge von meinem Nickerchen kletterte ich von meinem Sitz und zog mich aus.

»Wer als Erster im See ist«, rief Finn und dann rannten wir los wie die Beklopppten. Ich gab echt alles, aber natürlich war es Finn, der zuerst ins Wasser platschte.

Wir kraulten um die Wette und ich zog natürlich den Kürzeren. Aber das war auch nicht schlimm. Gerade war alles schön. Wirklich alles.

Klatschnass und nur in Unterhosen kletterten wir schließlich wieder in den Bus und fuhren weiter, während wir im Fahrtwind trockneten. Das war meine neue Freiheit und die war nun wirklich abgefahren. Zufrieden steckte ich mir eine Kippe an und erntete einen scheelen Blick von Finn.

»Wenn du weiter so qualmst, wirst du mich nie im Rennen schlagen«, meinte er. Mehr sagte er nicht und dafür war ich ihm dankbar. Es war mir egal, ob ich gegen ihn gewann oder nicht, und schließlich war ich ja der *Laptop* und nicht das *Lagerfeuer.*

Spät am Abend kamen wir dann in der *Nationaldemokratie* an, und der ganze Club scharte sich um uns, als wären wir die Supergurus.

Finn war zuletzt im Frühjahr in diesem Club gewesen, als er mit den Kids, die zur *Nationaldemokratie* gehörten, ein

Zeltlager gemacht hatte. Alle, aber auch wirklich alle bewunderten ihn. Natürlich. Wer tat das nicht?

»Kameraden und Kameradinnen, das ist Jannik Jarnik, Held der Informationstechnik. Er ist einer von uns, und an ihn könnt ihr euch vertrauensvoll wenden, wenn ihr irgendwelche Probleme mit euren Rechnern habt«, stellte Finn mich vor. Verlegen grinste ich in die Runde und wusste nicht so recht, ob ich nun etwas sagen sollte oder nicht.

Weil das Wetter so schön war, verlagerten wir das Treffen nach draußen, grillten im Hof und in kürzester Zeit fühlte ich mich heimisch. Eigentlich war es hier nicht viel anders als in der *Neuen Freiheit*. Eine Menge netter Typen und Mädels und natürlich auch ein paar Vollidioten, aber die gab es ja überall.

Satt, faul und zufrieden fiel ich schließlich in meinen Schlafsack, und ehe ich einschlief, gratulierte ich mir noch einmal zu meiner neuen Freiheit.

Der nächste Morgen begann hektisch. Finn wollte mit den Kids eine Schnitzeljagd veranstalten und spurtete nach nur vier Stunden Schlaf schon wieder aus den Federn. Ich steckte meinen Kopf unter das Kissen und hielt die Enden mit beiden Händen fest, aber Finn wühlte so lautstark in seinem Kram herum, dass ich nicht wieder einschlafen konnte. Schließlich kapitulierte ich und begab mich auf die Suche nach Koffein.

Die Zeit nach dem Aufstehen ist die schlimmste Zeit des Tages. Man hat nur eine vage Vorstellung davon, wer man ist, was man will und was das alles soll, und der künftige Tag ist so unförmig wie eine Amöbe. Ich saß in der Küche und goss mir noch einen Kaffee ein. Langsam lichtete sich meine allmorgendliche Verwirrung. Gerade als ich die Tasse ansetzen wollte, wurde die Tür aufgerissen und Jörn platzte herein.

»Moin, moin, Kamerad. Na, biste schon zu dir gekommen?«

»Bin auf dem besten Weg. Was gibt's denn so früh?«

»Nun, wir wollten dich fragen, ob du nachher mal Zeit hast, nach den Rechnern zu sehen?«

»Klar, genau deswegen bin ich doch hier.«

Ich stürzte meinen Kaffee hinunter, schob mir noch eine Schnitte zwischen die Zähne und folgte Jörn kauend in den Computerraum. Ich war entzückt. Die hatten tatsächlich noch einen C64 und einen Neunnadeldrucker herumstehen. Die Dinger waren älter als ich, um nicht zu sagen vorsintflutlich, aber irgendwie museumswürdig. So richtig arbeiten ließ sich damit natürlich nicht. Die anderen Rechner waren normale Stand-Alones in der klassisch zahnsteinfarbenen Ausführung, brauchten eine halbe Ewigkeit, bis sie hochfuhren, und aktuelle Programme liefen auf ihnen nicht, weil der Arbeitsspeicher viel zu klein war. Ich seufzte. Jörn sah mich fragend an.

»Ungut, was?«

»Jupp. Na ja, irgendwas lässt sich mit denen schon machen. Müssen wir halt ein bisschen aufrüsten. Aber das wird ein paar Momente dauern.«

»Also, wenn ich dir irgendwie helfen kann …?«, meinte er.

»Hm, danke. Aber ich glaube nicht.«

»O.k., dann lass ich dich hier mal basteln, und wenn du was brauchst, dann sag Bescheid. Ich bin unten in der Küche.«

Damit ließ er mich allein, und ich fing an, die Gehäuse aufzuschrauben. Zum Glück hatte ich den ganzen Rucksack voller Elektronikteile. Damit konnte ich den Kram hier gewaltig aufmotzen.

Ich werkelte den ganzen Tag, und ab und zu brachte mir jemand einen Kaffee oder Schnitten, und obwohl ich es hier mehr oder weniger mit Elektroschrott zu tun hatte und die Schrauberei tierisch nervig war, machte mir das Ganze ziemlich Spaß. Und das Beste war, am Abend liefen die Dinger. Und entsprechend wurde ich gefeiert und irgendwie gefiel mir das.

Der Sonntagmorgen war insgesamt recht chillig, aber als wir nach dem Mittagessen unser Zeug im VW-Bus verstauten, um in unser Städtchen zurückzufahren, kam es zu einem Zwischenfall.

Von den Leuten aus der *Nationaldemokratie* war nur noch Hanno da. Die anderen hatten sich schon verdrückt, weil sie Flugblätter gegen Sozialabbau verteilen wollten, und Finn hatte eben die letzte Kiste mit den restlichen Computerteilen in den Bus gestellt und zog die Tür zu, als wir plötzlich von sieben Jugendlichen eingekreist wurden.

Ein Mädchen trat vor und ich starrte auf endlos lange Beine in schwarz-weiß geringelten halterlosen Strümpfen und einen atemberaubend kurzen roten Tartanrock. Ihre knallroten Haare fielen in dichten Kaskaden bis auf ihren Hintern. Gütiger Himmel, war die schön.

»Todesstrafe für Kinderschänder. Was bildet ihr euch eigentlich ein?«

Zunächst verstand ich gar nicht, was sie meinte, aber dann sah ich, dass sie diesen Satz von einem kleinen Aufkleber auf dem Heck unseres VW-Busses ablas, der mir bisher nie aufgefallen war.

»Und? Hast du ein Problem damit?«, sagte Finn.

Statt einer Antwort meinte sie:

»Wir wollen hier keine Faschos.«

»Und wir wollen hier keine Zecken.« Hanno hatte sich vor ihr aufgebaut, und die sechs anderen Typen, die sich bislang im Hintergrund gehalten hatten, rückten bedrohlich auf und mir wurde ganz schön mulmig.

»Hey, Leute. Was soll das denn? Ihr habt eure Meinung und wir haben unsere«, versuchte ich zu beschwichtigen und konnte dabei meinen Blick nicht von der schönen Wilden lösen.

»Ja, aber ihr habt die falsche«, sagte das Punkgruftgirl.

Einer von den Typen fing an zu lachen.

»Brit, lass dich doch nicht auf Diskussionen mit den braunen Clowns hier ein.«

Brit funkelte mich hasserfüllt an. Wütend sah sie noch kühler aus und ich bekam eine Gänsehaut.

»Lass uns abhauen, Brit! Die Faschos sind heute nicht auf Kriegspfad«, rief ein anderer aus der Gruppe.

»Niemand hat das Recht, einen anderen zu töten, egal was der gemacht hat«, presste sie hervor. Dann drehte sie sich um, und ihre Haarpracht schwang hinter ihr her, und als sie sich mit den Typen entfernte, musste ich noch eine ganze Weile auf ihre Beine starren.

»Darf ich vorstellen, das war die Dorf-Antifa«, sagte Hanno spöttisch. »Totale Fundis …«

Aber ich hörte gar nicht mehr zu. Ich war froh, dass es zu keiner Schlägerei gekommen war. Gewalt fand ich scheiße und zu dritt hätten wir gegen die sieben verdammt alt ausgesehen.

12

Seit diesem Wochenende in der *Nationaldemokratie* reisten Finn und ich nun beinahe jedes Wochenende von Club zu Club, von Dorf zu Dorf und von Kleinstadt zu Kleinstadt.

Finn lagerfeuerte und ich laptopte, wie Schenk sich das wohl so vorgestellt hatte.

Und je mehr ich reiste, desto weniger schwieg mein Handy. Verzweifelte Clubleiter riefen mich an, die Heinis aus den Freien Kameradschaften und hin und wieder sogar einer der nationaldemokratischen Bürgermeister. Computerseelsorge Jannik Jarnik.

Aber darüber hinaus sozialarbeiterte ich auch auf unseren Wochenendtrips. Es war überall dasselbe. Unterschicht, überforderte Eltern, vernachlässigte Kids. Scheinbar Vollidioten. Aber wenn man sich dann eine Weile mit ihnen beschäftigt hatte, stellten sie sich als echte Menschen heraus, die meistens weder auf den Kopf gefallen noch bösartig waren. Sie hatten bisher einfach nur kaum eine Chance gehabt. Und mich mit diesen Kiddies abzugeben, das machte mir am meisten Spaß. Manchmal war es richtig schwierig, Nele überhaupt noch zu Gesicht zu bekommen. Wir sahen uns praktisch nur abends unter der Woche und dann auch nur kurz, weil ich am nächsten Tag Schule hatte. In den wenigen Nächten, die ich bei ihr verbrachte, ging aber immer tierisch die Post ab. Doch jedes Mal, wenn ich sie darauf ansprach, dass wir nur noch so wenig Zeit miteinander verbrachten, winkte sie ab und sagte: »Ich bin stolz wie Bolle. Du machst dich. Es ist gut, dass du auf unserer Seite bist. Fahr nur.«

Auch als Finn eine Höhlenübernachtung in der Sächsischen Schweiz mit den Kids aus der *Thor-Schar* plante, sagte sie das.

Zu zwölft, mitten in der Nacht, fuhren wir mit drei Pkws los, Finn und ich und Knut, der Leiter der *Thor-Schar*, und neun Kids, denn wir wollten unsere Wanderung im Morgengrauen beginnen.

Die Kids waren noch so müde, dass sie während der Fahrt nicht nervten und wir sie wecken mussten, als wir am Ziel waren.

Die blaue Stunde war aufgezogen. Wir halfen den Kurzen, die Rucksäcke aufzusetzen, und dann wanderten wir los in eine Welt, die gerade weder hell noch dunkel war, sondern blau. Dunkelblaue Baumschemen bewegten sich im Wind und ließen ihre blauen Blätter zu Boden rieseln. Wir kamen an ultramarinblauen Wiesen vorbei, durch die sich der grünblaue Bach wand und seine feuchten hellblauen Nebelschleier über die Wiesen breitete. Ich fand die Welt gerade sehr schön, aber auch sehr unwirklich. Eine unverschämt schöne Lüge.

Für einen Moment war kein einziges Geräusch zu hören, als hätte die Welt den Atem angehalten, und im nächsten Augenblick wurden alle Farben eine Nuance heller, und plötzlich raschelte und zwitscherte und rauschte es, und auch die Kids wurden auf einen Schlag munter und quatschten durcheinander, womit sie die Waldtiere vermutlich in allerhellste Panik versetzten.

Auf einer Lichtung hielten wir das erste Mal an und frühstückten. Als ich mir eben noch einen Kaffee nachschenken wollte, sah ich aus den Augenwinkeln, dass Jenny auf einen bestimmten Punkt auf der Wiese zurannte. Ich drehte mich um und da sah ich sie. Eine ganze Schar großer, dunkler Tiere. Die Tasse fiel mir aus der Hand und ich sprang auf.

»Jenny, nein! Komm sofort wieder her!«, schrie ich in ihre Richtung. Aber das kleine Biest dachte überhaupt nicht daran, zurückzukommen. Ich rannte los. Jenny hatte die Wildschweinherde fast erreicht und näherte sich zielstrebig einem Ferkel. In der Herde kam Unruhe auf.

»Jenny! Abmarsch, aber sofort!«, rief ich, aber ich sah, wie sie ihre Hand nach dem gestreiften Frischling ausstreckte. Und da raste eines von den Alttieren mit gesenktem Kopf und wie von der Tarantel gestochen los und direkt auf das Kind zu.

Ich rannte, wie ich noch nie in meinem Leben gerannt bin. Im Laufen tastete ich in meiner Hosentasche nach meinem Messer. Mich trennten nur noch wenige Meter von dem wild gewordenen Schwein und ich ließ die Klinge herausspringen.

»Jenny, weg! Lauf, so schnell du kannst!«, keuchte ich. Plötzlich hörte ich ein Geräusch, und ich warf panisch einen Blick hinter mich, aber zum Glück war es nur Finn und das machte mir Mut. Jenny schrie und heulte, aber sie rannte weg. Die Herde grunzte aufgeregt. Als mich der Keiler sah, schien er einen Augenblick unschlüssig, ob er sich nun auf Jenny oder mich oder Finn stürzen sollte, aber dann raste er volles Karacho auf mich zu und mir blieb beinahe das Herz stehen.

Irgendeiner Eingebung folgend ließ ich das Schwein

ganz dicht an mich herankommen, dann schlug ich einen Haken und brüllte das Vieh an, was die Lungen hergaben, und hieb mit dem Messer auf es ein. Das Tier quiekte und bekam es mit der Angst zu tun. Es floh zu seiner Herde und die Panik übertrug sich auf die anderen Tiere. Grunzen und Quieken und Trampeln und Scharren und dann waren sie im Wald verschwunden.

Keuchend blieb ich stehen, beugte den Oberkörper nach vorne und stützte mich mit den Händen auf die Oberschenkel. Das war verdammt knapp gewesen.

Finn hatte mich inzwischen eingeholt und knuffte mich in die Seite.

»Nicht schlecht für einen Raucher. Respekt, Kamerad!«

Ich betrachtete mein Messer. An der Klinge klebte Blut, und während ich noch überlegte, wie ich es ohne Wasser wieder sauber bekam, entwand mir Finn die Waffe, fuhr mit dem Finger über die blutige Klinge und steckte sich den Finger in den Mund.

»Nun guck nicht so entsetzt«, sagte er, als er meinen Blick aufgefangen hatte, »in der Wildnis bist du froh, wenn du was Nahrhaftes findest.«

Ich wandte mich ab. In der Wildnis!, dachte ich, aber wir waren hier in der Sächsischen Schweiz. Mir war flau, und ich hasste es, dass mir flau war.

Finn gab mir das Messer zurück, und als wir bei den anderen ankamen, war ich für den Rest der Wanderung der Held.

Gegen Abend machten wir halt auf einem Felsplateau und aßen Würstchen aus der Dose.

»Hey, Jannik, hätteste die Sau mal richtig erlegt, dann hätten wir jetzt Spanferkel«, sagte Knut und stieß mir in die Seite.

Ich zuckte grinsend mit den Schultern und alle lachten.

Als die anderen satt waren, drehte ich mir eine Kippe und lehnte mich zurück und genoss die Aussicht auf die bizarren Felsnadeln, die sich wie riesige Morcheln in den Abendhimmel erhoben. Ich war müde und zufrieden und proppevoll und dösig und dachte: Das ist doch beinahe besser als die Tage auf der Insel.

Aber langsam wurde es richtig frisch und die Luft hatte sich mit Feuchtigkeit vollgesogen. Ein scharfer Wind pfiff über das Plateau und ich fröstelte. Finn drängte zur Eile, denn wir mussten noch weiter zur Höhle. Wir löschten die Glut des Lagerfeuers und sammelten unseren Müll ein. Inzwischen war es stockdunkel geworden und Finn griff in seinen Rucksack und verteilte Taschenlampen an die Kids. Und die waren völlig außer sich und hampelten aufgeregt herum. Denn jetzt begann das ganz große Abenteuer.

Und dann stolperten wir los. Wir kamen nur langsam voran, denn überall lag Geröll herum und wir mussten uns ziemlich auf den Weg konzentrieren. Ab und zu knackte es im Unterholz und die Kids drängten sich ängstlich aneinander und keiner sagte ein Wort und dadurch waren noch viel mehr seltsame Geräusche zu hören. Aber trotzdem schienen sie den Grusel zu genießen.

Doch plötzlich hörte ich Steine rollen und aneinanderschlagen, Johann schrie auf und dann heulte er wie ein Schlosshund. Ich stürzte zu ihm. Er lag auf dem Boden und hielt sich das Knie, und als ich sein Hosenbein hochkrempeln wollte, um mir sein Bein anzusehen, schrie er noch mehr und war kaum noch zu beruhigen.

»Hey, Johann«, sagte ich und nahm ihn in den Arm, damit er erst einmal ein wenig runterkam.

»So. Eine. Blöde. Wanderung«, schluchzte er.

»Ach komm! Bis jetzt hat sie dir doch Spaß gemacht«, erwiderte ich.

In diesem Augenblick kam Finn dazu und wirkte ziemlich entnervt.

»Jetzt stell dich nicht so an!« Damit riss er an Johanns Hosenbein und der Junge schrie wie am Spieß. Finn hielt kurz inne und sagte:

»Reiß dich zusammen, du bist eine Schande für dieses Volk!«

»Sag mal, spinnst du?! So kannst du doch nicht mit ihm umgehen!«, protestierte ich.

»Ach, halt die Klappe, Jannik. Du bist das *Laptop*. Und das *Lagerfeuer*, das ist mein Ding, kapiert? So ein Hätschel-Tätschel-Heini wie du macht nur Schwächlinge aus denen.« Er deutete auf die Kids.

Ich schluckte. Was war denn das jetzt für eine Arschnummer?

»Da, schau her, das ist doch nur ein Kratzer.«

Johann hatte sich das Knie aufgeschlagen. Finn presste einen jodgetränkten Wattebausch auf das blutige Knie und der Junge schrie auf. Ich streichelte seinen Kopf, und Finn sah mich missbilligend an, sagte aber nichts mehr, sondern pappte grob ein Pflaster auf die Wunde und stand auf.

»Auf jetzt, damit wir mit der lahmen Schar endlich in die Höhle kommen!«

Was war denn mit dem los? So hatte ich Finn noch nie erlebt. Ich gab Johann ein Taschentuch, damit er sich schnäuzen konnte, dann nahm ich ihn huckepack. Finn verdrehte die Augen.

»Als hättest du auch so nicht schon genug zu schleppen.«

Ich beschloss, mich auf keine Diskussion einzulassen, und stapfte grimmig voran.

Wir kamen immer tiefer in den Wald, und die Steinbrocken, die überall herumlagen, wurden immer größer, türmten sich zu immer bizarreren Gebilden. Langsam kam ich ziemlich aus der Puste. Der Rucksack war ohnehin schon recht schwer und Johann war ein ganz schöner Brocken.

»Meinst du, du schaffst es jetzt wieder allein?«, fragte ich ihn und kitzelte ihn an seinem unverletzten Bein. Er lachte.

»Ja, jetzt bin ich keine Schande mehr für unser Volk.«

Ich schüttelte den Kopf. Ich ließ Johann absteigen und

dann beugte ich mich zu ihm herunter und flüsterte ihm ins Ohr:

»Lass dir nicht so einen Quatsch einreden, o.k.?«

Johann nickte und dann stapfte er tapfer weiter.

»Wartet hier mal einen Augenblick.« Damit verschwand Finn zwischen den Felsen. Unglaublich, wie lautlos er sich bewegen konnte.

»O.k., wir sind da.« Er strahlte und auf einmal war er wieder ganz der Übersympath. Wer weiß, warum er vorhin so angepisst war.

»Ihr werdet Augen machen! Komm, Jannik. Und du, Knut, du reichst uns die Kurzen durch die Spalte.«

Als ich Finn hinterherkletterte und die engen Spalten sah, konnte ich mir überhaupt nicht vorstellen, dass sich hier tatsächlich eine Höhle befand, und selbst wenn, wie sich zwölf Leute darin aufhalten sollten.

»Janniklein, bist du bereit, etwas Großartiges zu schauen?«, grinste Finn. Ich nickte.

»O.k., dann mach mal die Augen zu und gib mir deine Hand.«

Ich zögerte.

»Du vertraust mir doch?« Er sah mich einen Moment prüfend an.

»Klar, Mann«, beeilte ich mich zu sagen und schloss die Augen.

Finn fasste nach meiner Hand und sagte:

»Nur noch ein Schritt trennt dich von etwas Wunderbarem. Vorsichtig. Gut so. Und nun Tusch, bitte. Du kannst die Augen öffnen.«

Ich hatte mit völliger Dunkelheit in der Höhle gerechnet, aber Finn hatte ein Meer aus Teelichtern auf den Felsvorsprüngen verteilt und der Raum erstrahlte in einem warmen Licht. Die Höhle war riesengroß und wunderschön. Ich hatte mir Höhlen immer feucht und kalt vorgestellt mit Tropfsteinen und Algen an den Wänden, aber hier drinnen war es vollkommen trocken und auf dem Boden lag feiner Sand wie am Strand. Unglaublich.

»Na, habe ich zu viel versprochen, Alter?«

»Endkrass«, sagte ich nur und lief staunend in der Höhle herum.

»Dann wollen wir das den anderen mal nicht vorenthalten, was?«, meinte Finn schließlich.

Gemeinsam gingen wir zum Eingang zurück, wo Knut uns die Kurzen hereinreichte. Den Kids verschlug es genauso die Sprache wie mir zuvor. Aber dann wuselten sie herum, und es war echt harte Arbeit, sie davon zu überzeugen, dass es langsam Zeit war, in die Schlafsäcke zu kriechen.

Als endlich alle eingemummelt waren, dauerte es keine zwei Minuten, bis auch der Letzte eingeschlafen war. Und auch Knut und Finn gaben schon Schlafgeräusche von sich. Aber ich, ich lag noch eine ganze Weile wach und grübelte darüber nach, warum Finn vorhin so merkwürdig gewesen war.

13

Und so verging der Herbst, und dann kam der Winter, und tatsächlich tingelte ich weiter Wochenende für Wochenende durchs Land, reparierte Rechner, führte html-Schulungen durch und kümmerte mich um anderer Leute Kinder und hielt Vorträge darüber, was es bedeutete, ein Freier Nationalist zu sein, dass Freie Nationalisten nicht allein waren, auch wenn sie aufgrund örtlicher Umstände nur in kleinen Gruppen arbeiteten, und wie wichtig Disziplin, Vernetzung und Verschwiegenheit waren, und ich sollte derjenige sein, der eine Plattform einrichtete, auf der alle Fäden zusammenliefen. Ich besuchte Käffer, von deren Existenz ich noch nicht einmal etwas geahnt hatte, die aber eine verblüffende Ähnlichkeit mit meinem eigenen Schnarchkaff hatten. Kleinstädte und Dörfer irgendwo im Nirgendwo, mit viel Grün drumrum und einem Heer von Arbeitslosen innen drin. Städtchen und Dörfer in Brandenburg, in Franken und Sachsen und Anhalt und sonst wo, Städtchen und Dörfer im ganzen Land und sogar in Österreich, Städtchen und Dörfer, die längst abgeschrieben waren und in denen wir uns formierten. Finn und ich und die anderen, wir waren der Sturm, der den Mief aus den Gassen fegte, der Orkan, der das Alte zertrümmerte, auf dessen Scherben eine neue, bessere Ordnung sprießen sollte, denn wir waren die Einzigen, die wirklich etwas taten.

In solcher Euphorie raste der Winter voran. Ich besuchte Dutzende Clubs wie unseren. Nie hätte ich gedacht, dass wir schon so viele waren. Und ich war derjenige, der die Gruppen miteinander verband, und surfte dahin im Rausch der Glasfaserkabelgeschwindigkeit, und zugleich thronte ich wie die Spinne im Netz und ständig klingelte das Telefon.

Schenk hatte recht behalten – ich war ein wichtiger Mann geworden. Ständig war ich in Bewegung, redete, reiste, programmierte und nachts musste ich auch noch was für die Schule tun. Zum Denken kam ich gar nicht mehr, und wenn einmal ein wenig Zeit blieb, in der ich hätte nachdenken können, dann schlief ich sofort ein. Dann und nur dann war Jannik Jarnik offline – vor Erschöpfung.

Das ging so bis in den Februar hinein, und dann tat ich etwas, was ich bisher noch nie getan hatte: Ich nahm mir ein Wochenende frei. Einfach so. Um nachzudenken oder zu schlafen oder mich endlich wieder mehr um Taxi zu kümmern oder um Nele. Oder um mal wieder Vaters Sonntagsknödel mit Soße und Braten vorgesetzt zu bekommen. Obwohl schon die Krokusse sprießten, war der Winter noch einmal klirrend vor Kälte zurückgekehrt. Die Fenster waren eisblumenverhangen, und Jannik Jarnik, der Spindoctor der Freien Kräfte, saß an seinem Schreibtisch und blickte durch das Eisgespinst an der Scheibe wie durch ein Spinnennetz.

Was hatte ich mir nicht alles ausgemalt, was ich tun würde an diesem Wochenende. Aber nun saß ich hier und alle Euphorie war einer unbeschreiblichen und unbegründbaren Leere gewichen und ich hockte auf meinem Stuhl wie eine Bleifigur.

Aber es half alles nichts. Taxi musste raus.

In der Nacht hatte es neuen Raureif gegeben, die Äste waren mit bizarren Zacken überzogen und jeder Schritt knirschte und klirrte auf dem gefrorenen Boden. Ich war freie Zeit nicht mehr gewohnt und plötzlich fehlte mir das Korsett aus Terminen. Es hatte mir den Atem genommen, aber gleichzeitig hatte es mich gestützt. Und nun hatte ich die Lungen voller Luft, aber ging innerlich in die Knie wie ein Knetmännchen.

Während Taxi vorantrabte, machte ich mir seltsame Gedanken über die Beschaffenheit meiner kleinen Welt. Es war gerade mal ein halbes Jahr vergangen, und nichts war mehr, wie es war. Letztes Jahr waren wir noch zu dritt durch die Kälte gestapft, Micha, Aynur und ich, und nun marschierte ich mit Taxi wie ein Besucher aus einer anderen Dimension durch diese unwirkliche Welt aus Grau und Weiß und Silber, diese Welt, diese unfarbige, halb durchsichtige, undurchschaubare. Eine unbestimmte Traurigkeit machte sich in mir breit, der Raureif kroch mir in die Knochen, überzog mich mit Eis von innen. Jannik Jarnik war ein Wald aus bizarren Gedanken.

Plötzlich mischte sich in den Takt meiner Schritte ein weiterer, ein entschlossenerer, schnellerer, härterer. Ich lief langsamer und lauschte. Gerade als ich mich umdrehen wollte, packte mich jemand an der Schulter und riss mich so ruckartig herum, dass es mich beinahe der Länge nach hingelegt hätte. Erschrocken starrte ich in wütende blaue Augen und eine wilde Rastamähne.

»Sag mal, spinnst du!?«, schrie ich Micha an.

»Das ist noch die Frage, wer hier spinnt.«

Er hielt mich noch immer am Kragen. Ärgerlich befreite ich mich aus Michas Griff und stopfte trotzig die Hände in die Hosentaschen.

»Also, sag an, warum glaubst du, spinne ich? Du bist doch derjenige, der andere vom Rad zerrt und Leute mitten im Wald anfällt wie ein Irrer«, sagte ich.

»Weil du ein scheiß Verräter bist, Jannik!«

»Verräter?! Ich?! Wer hat sich denn mit Aynur in den Schlafsack gelegt?«

»Was?« Für einen Augenblick wirkte Micha ziemlich verwirrt und ich biss mir auf die Zunge. Das hatte ich doch lieber für mich behalten wollen.

»Was geht dich Aynur an?« Micha kam einen Schritt auf mich zu und schubste mich.

Von dieser Sekunde an setzte mein Hirn aus und ich ging auf Micha los. Ich hatte noch was gut bei ihm. Und da war sie wieder, diese unsägliche Wut wie damals am See. Unglaublich, dass wir vor sechs Monaten noch einträchtig miteinander gegrillt hatten.

Es kam mir vor wie Stunden, wie wir uns ineinander verknäult das Leben schwer machten, bis plötzlich eine Stimme neben uns sagte: »Micha, bist du völlig bescheuert?«

Ein bronzefarbenes Gesicht mit einer dunkelgrünen Mütze, aus der sich Unmengen von dunklen Locken herausringelten. Aynur zerrte an Micha, der mittlerweile über mir war. Warum war nach Aynurs Meinung nur Micha bescheuert und ich nicht?, fragte ich mich und merkte, dass ich aufgehört hatte, mich zu wehren.

»Dieses beschissene Arschloch ist zu den Nazis übergelaufen. Der ist da jetzt ein ganz großes Tier. Ich hab ihn gesehen, wie er mit dem Schenk im *Altstadtcafé* saß, und außerdem fährt er ständig mit diesem Finn durch die Gegend«, schrie Micha und holte aus, aber Aynur hielt seinen Arm fest, und Taxi, der überhaupt nicht wusste, was los war, winselte.

»Na und? Wir tun wenigstens was!«, schrie ich zurück.

»Los, komm jetzt, Micha!« Aynur zerrte an seinem Arm, damit Micha mich endlich losließ.

»Lass Jannik, den haben wir sowieso verloren!«

Aynur würdigte mich keines Blickes, und ich spürte ein Brennen, das von irgendwo tief drinnen kam. Micha stand auf und schubste Aynur wütend von sich.

»Lass mich!«, zischte er sie an, als sie beschwichtigend ihre Hand auf seinen Arm legen wollte. »Lass mich bloß in Ruhe, du!«, sagte er noch einmal und kickte wütend in den Waldboden, sodass gefrorene Blätter, vereiste Erdkrumen und Raureif aufspritzten. Und ehe er alleine davonstapfte, drehte er sich noch einmal zu mir um und sagte ganz leise:

»Wenn wir dich noch einmal bei den Nazis erwischen, dann bist du dran, mein Freund!«

Wir? Wer war denn *wir*? Litt er wie Schenk plötzlich am Wir-Syndrom? Oder meinte er Aynur und sich? Aber Aynur stand über Drohungen, und sie wäre die Letzte, die sich zu irgendwelchen Handgreiflichkeiten hinreißen lassen würde.

»Micha, warte!«, rief sie ihm hinterher, aber er latschte ungerührt weiter.

»Dann eben nicht, du Blödmann. Ja, geh doch, geh! Ich brauch dich überhaupt nicht!« Aynur drehte sich auf dem Absatz um und ging in der entgegengesetzten Richtung davon.

Verwundert beobachtete ich die beiden, und als sie weg waren, erhob ich mich, pfiff nach Taxi und nahm den dritten Weg. So wie ich mich fühlte, musste Micha mich ganz schön zugerichtet haben.

Die bizarre Baumwelt von Jannik Jarnik war aus dem Lot geraten. Wege führen aufeinander zu oder voneinander weg. Und da hatten sie gestanden, die drei Freunde, die sie mal gewesen sind, und nun drifteten sie auseinander wie eine Wolke negativ geladener Teilchen in eine Zukunft, die keiner kannte. Eigentlich hätte ich mich freuen können, dass die beiden sich vor meinen Augen so gezofft hatten, stattdessen waren da wieder diese unbestimmte Traurigkeit und ein ganzer Wald voll seltsamer Gedanken.

Seit unserer Begegnung im Wald saßen Micha und Aynur in der Schule nicht mehr zusammen und würdigten sich keines

Blickes mehr. Vielleicht hatten sie sich ja getrennt? Als mir dieser Gedanke das erste Mal gekommen war, spürte ich eine leichte Aufregung in mir, dachte aber vorsichtshalber nicht weiter darüber nach, denn mit Nele lief es in letzter Zeit nicht ganz so gut.

Auch dieser Abend begann in heimtückischer Harmlosigkeit. So wie die Abende bei Nele meistens begannen. Wir aßen eine Kleinigkeit und hingen dann noch ein wenig vor der Glotze herum. Ein bisschen wie ein altes Ehepaar. Und eigentlich hatte ich nie so werden wollen, aber in letzter Zeit befiel mich immer öfter diese unglaubliche Müdigkeit. Doch danach kamen unsere Nächte und die waren so gar nicht wie bei alten Herrschaften. Und so war es auch in dieser Nacht.

Ich war völlig erschöpft auf dem Sofa eingepennt und erwachte, als jemand am Reißverschluss meiner Hose herumhantierte. Nele kniete über mir und trug etwas so Winziges, dass es eigentlich kaum noch als Unterwäsche durchging. Und das ließ mich ziemlich schnell ziemlich munter werden. Nele befreite mich von meinen Klamotten, knabberte an meinen Ohrläppchen, und dabei schien sie von innen heraus zu strahlen, und alles drehte sich und das Ziehen in den Schläfen, das ich vor dem Einschlafen gehabt hatte, war verschwunden und alles war so einfach. Ich brauchte jetzt nur Nele, und wie es aussah, brauchte Nele das Gleiche und wir torkelten zum Bett und die Welt schaukelte friedlich vor sich hin und wir dümpelten glücklich in ihrer Brandung. Ich ließ mich aufs Bett fallen und Nele hockte sich über mich und auf einmal flüsterte sie:

»Lass uns heute einen Helden zeugen!«

Ich dachte, ich hätte mich verhört, und richtete meinen Oberkörper leicht auf, aber Nele drückte mich auf das Kissen zurück.

»Wäre es nicht schön, wenn wir zu dritt wären?«

Ich hatte mich also nicht verhört. Meine Lust war schlagartig verschwunden und ich schob Nele von mir.

»Das meinst du jetzt nicht ernst, oder?«

Nele starrte mich enttäuscht und ungläubig an, und so wie sie guckte, meinte sie es ernst. Verdammt ernst. So ernst, dass alles an mir klein und kalt wurde, als hätte ich die letzten Stunden im Eisschrank zugebracht.

»Das heißt, du hast die Pille abgesetzt?«

»Wieso abgesetzt? Ich habe die nie genommen.«

Nun war ich es, der ungläubig staunte.

»Heißt das, wir haben die ganze Zeit ohne … Also, ich meine …«, stammelte ich.

»Ja. Und? Hat halt noch nicht geklappt«, schnitt sie mir das Wort ab und wollte weitermachen, aber ich hielt sie auf Abstand. Das konnte doch alles nicht wahr sein.

»Wieso sollten wir denn nicht eine kleine Familie haben?«

»Sag mal, spinnst du? Wir sind doch viel zu jung!«

»Warum zu jung? Ich bin achtzehn. Und du fast siebzehn. Früher haben die Leute viel früher Kinder gekriegt.

Die Volksgemeinschaft braucht Nachwuchs. Deutschland ist doch sowieso schon total überfremdet.«

»Du hast sie ja wohl nicht mehr alle! Sollen wir ficken für das Reich, oder was? Hey, ich will studieren. Und du wolltest dein Abi nachmachen. Wie soll das denn gehen mit Kind, hm?«

»Aber wir lieben uns doch!« Etwas wie Verzweiflung schwang in ihren Worten mit. Falscher Film. Ich war total im falschen Film.

»Ja, klar lieben wir uns, aber das ist doch noch lange kein Grund, gleich einen Stall voll Kinder in die Welt zu setzen.«

»Ja, toll. Sollen wir vielleicht ewig damit warten, um dann mit vierzig ein einziges Kind zu bekommen?«

»Ein Kind reicht doch, oder?«, fragte ich vorsichtig.

Nele drehte sich auf die Seite und wandte mir den Rücken zu.

Eine lange Pause entstand.

»Wir können ja vielleicht in zehn Jahren Kinder kriegen«, schlug ich vor.

»Halt die Klappe!« Nele warf mir ein Kissen ins Gesicht.

»Oder vielleicht in acht«, versuchte ich einzulenken, aber Nele sagte nur:

»Du bist so ein Vollidiot, Jannik!«

Und dann sagte keiner mehr was und ich hörte Nele in ihr Kissen schluchzen.

»Du liebst mich gar nicht.« Und nach einer weiteren Schweigeminute:

»Du machst alles kaputt … Alles machst du kaputt, Jannik!«

Und das war der Augenblick, in dem ich das Bett verließ, mich anzog und ging.

Wie ich es auch drehte und wendete. Es blieb Verrat. Zumindest in meinem Kopf blieb es das. Das war doch wirklich der Hammer. Ein halbes Jahr schliefen wir schon miteinander, und ich Vollidiot bekam erst jetzt mit, dass sie die Pille nicht nahm. Und auf mich war ich genauso sauer. Und wie sauer ich war. Wie kam ich eigentlich darauf, dass es selbstverständlich war, dass sie das Zeug schluckte? Genauso gut hätte ich ja auch mal mein Hirn einschalten und ein paar Kondome kaufen können. Aber nein, so war es ja viel bequemer. Beinahe grenzte es an ein Wunder, dass ich mir nicht zur Vaterschaft gratulieren musste.

Es ist unglaublich, wie etwas, das gerade mal eine halbe Minute gedauert hat, wie Neles Heldenzeugungsspruch, plötzlich seine Tentakel nach allem ausstreckt, um es zu würgen, bis es nicht mehr zuckt.

Jedes Mal, wenn Nele mich küsste, war ich innerlich schon in Alarmbereitschaft, und wenn sie Anstalten machte, mehr zu wollen, ging ich nach Hause. Dass das nicht eben zu überbordendem Liebesglück führte, muss ich wohl nicht erwähnen. Und plötzlich saßen wir immer öfter da und schwiegen und schwiegen, weil keiner wusste, was er sagen sollte. Schweigen tut weh. Und das war nun wirklich wie bei alten Ehepaaren.

Aber dann gab es noch diese Tage, an denen nur ich schwieg und Nele schrie und tobte und sagte, dass ich sie nicht liebte und dass ich eine scheiß Zecke war. Und das waren die Augenblicke, in denen ich mich fragte, was das alles überhaupt noch sollte, und einfach ging.

Wieder hatte mich Nele beschimpft und ich hatte wortlos meinen Kram gepackt, und Nele warf mir alles nach, dessen sie nur habhaft werden konnte, und ich duckte mich, um den Geschossen auszuweichen, und dann zog ich die Tür leise ins Schloss. Aber Nele riss sie wieder auf.

»Du beschissener Bastard!« Und dann flog eine Glasvase haarscharf an meinem Ohr vorbei und zerschellte neben mir an der Wand.

Ich rannte los. Nicht aus Angst. Mit Nele würde ich notfalls schon fertig werden. Sondern aus Wut. Die hatte sie ja nicht mehr alle! Ich war so außer mir, dass ich einfach losrannte. Ohne Hirn. Ohne Ziel. Und dann plötzlich diese Ansage. Aus dem Nichts, wie mir schien.

»Sportlich, sportlich, Jannik! In einem gesunden Körper wohnt ein gesunder Kamerad, was?«

Fatih und Erkan hatten mir den Weg verstellt, und ich wäre beinahe in sie hineingerannt, so war ich in meine Gedanken versunken. Mir wurde ganz flau. Ich sah mich um, aber zu dieser Zeit war nie jemand auf der Straße.

Das konnte ja heiter werden. Gegen die beiden Schränke sah ich ziemlich alt aus. Hatten sich denn gerade alle gegen mich verschworen?

»Alter«, sagte Fatih und hielt mich fest. Ich spürte, wie sich jeder einzelne Muskel in mir anspannte.

»Komm mal mit.«

Die beiden nahmen mich zwischen sich und bugsierten mich zur nächstbesten Parkbank. Mein Puls hatte sich ungesund beschleunigt und in meinen Ohren war ein eigenartiges Rauschen. Ich hatte meine Hände wütend in die Hosentaschen gestopft und zu Fäusten geballt. Aber das würde mir herzlich wenig nützen. Irgendwie konnte ich sie sogar verstehen. Ich war jetzt der Feind.

Fatih und Erkan ließen sich schwer auf die Bank plumpsen und zogen mich mit hinunter.

»Alter, wir müssen reden«, begann Erkan.

Reden. So nannten sie das also. Dabei mochte ich die beiden doch so, weil die immer nur Blödsinn in der Rübe hatten. Wenn sich das Einzelkind Jannik große Brüder hätte aussuchen dürfen, Erkan und Fatih wären klar auf die Auswahlliste gekommen.

»Aha«, sagte ich und scharrte mit der Fußspitze im Kies. »Und worüber, wenn ich fragen darf?«

»Über Aynur«, antwortete Fatih.

Mir fielen fast die Augen raus vor Verwunderung.

»Was guckst du«, meinte Erkan. »So blöd?«, ergänzte Fatih und lachte sich halb schlapp.

»Wieso? Was ist denn mit Aynur?« Ich war verwirrt und tippte auf eine Art psychologische Kriegsführung.

»Es ist nicht gut, was du mit ihr gemacht hast«, Fatih starrte vor sich hin und schob gedankenverloren nun auch etwas Kies von einem Fuß in Richtung des anderen. »Und deine neuen Freunde sind auch nicht gut.«

Ich sprang auf und sagte:

»Ich? Was ICH mit Aynur gemacht habe??? Ja, was habe ich denn gemacht? Nichts! Nichts habe ich gemacht! Fragt doch mal lieber Micha, was ER mit ihr gemacht hat.«

»Eben, du Penner! Du hast nichts gemacht, obwohl dich unsere Schwester zwei Jahre lang angeschmachtet hat!«

Ich fühlte mich, als hätte sich die Schwerkraft, die auf mich wirkte, auf einmal potenziert. Gravitation hoch zehn und plötzlich wacklige Knie drückten mich auf die Bank zurück, und da saß ich umrahmt von Fatih und Erkan und merkte, wie ich rot wurde, und ich konnte förmlich sehen, wie sich Leere in meinem Hirn ausbreitete.

Die beiden betrachteten mich interessiert und Erkan stieß Fatih an:

»Ich hab dir doch gesagt, dass der Bekloppte hier das gar nicht gemerkt hat.«

»Süß. Der ist ja ganz rot geworden.« Fatih legte mir seine Pranke auf die Schulter.

»Hättet ihr mir das denn nicht ein, zwei Jahre früher sagen können?«

»Ja, was glaubst du, was wir sind? Irgend so geflügelte

Götterboten im Lendenschurz mit Pfeil und Bogen und 'nem pinkfarbenen Zuckerwatteherz?« Erkan wedelte mit den Armen wie ein abstürzendes Huhn.

»Ja, aber warum zum Teufel sagt ihr es mir dann jetzt?«

Erkan zuckte unbestimmt mit den Schultern.

»Vielleicht ist ja jetzt der Zeitpunkt gekommen, mal ein wenig nachzudenken.«

Sie erhoben sich und ich blieb sitzen.

»Verdammt, worüber denn?«, rief ich ihnen nach, aber sie ignorierten mich und entfernten sich feixend.

»Alter, so eine bescheuerte Kartoffel ...«

Blöde Kartoffel ... Da saß ich nun allein auf der Parkbank und hatte jedes einzelne Wort verstanden, aber insgesamt kapierte ich nur Bahnhof.

14

Unglaublich. Meine Traumfrau hatte zwei Jahre etwas von mir gewollt und ich Superpappnase hatte es einfach nicht gerafft.

Als ich nach Hause kam, war ich müde und aufgedreht und traurig und total froh. Und das alles auf einmal. Ich dachte, wenn ich mich jetzt aufs Bett lege, dann penne ich sofort ein. Und deshalb warf ich mich, wie ich war, in die Federn. Aber da lag ich dann und seltsame Gedanken schossen mir durch den Kopf, und ich fragte mich, ob Aynur mich jetzt hasste. Jetzt, wo ich der Feind war. Ich wälzte mich hin und her. Was wäre gewesen, wenn ich nicht so ein Nullpeiler gewesen wäre? Dann wäre ich jetzt nicht mit einer Frau zusammen, die jeden Tag hysterischer wurde, nur weil ich nicht der minderjährige Vater ihrer Kinder werden wollte, und ich müsste mich nicht so häufig mit dem Schmierlappen Schenk auseinandersetzen und vielleicht hätte ich mehr Zeit und …?

Wirre Bilder, Satzfetzen, Szenen, die nicht zusammenpassten, und dazwischen auf einmal ein Heidenlärm. Taxi hatte angeschlagen und knurrte und tobte im Flur und war völlig außer sich. Vor Schreck fuhr ich zusammen und öffnete die Augen und wusste erst gar nicht, wo ich war.

Draußen kratzte Taxi an der Tür und wollte rein und noch immer knurrte er. Mit einem Satz war ich aus dem Bett und sah mich um. Es war ungewöhnlich kalt im Zimmer und ich rieb mir die Arme. Ich knipste das Licht an, und da sah ich, dass das Fenster sperrangelweit offen stand. Mein Puls beschleunigte sich. Das gab es doch gar nicht. Ich hatte es vor dem Schlafen doch angekippt. Da war ich mir ganz sicher. Oder hatte ich den Griff nicht richtig gedreht? Immerhin war ich ja wegen Aynur ziemlich durch den Wind gewesen. Mich fröstelte und ich schloss das Fenster.

Taxi malträtierte noch immer von draußen die Zimmertür.

»Ist ja gut, Hund!«, rief ich ihm durch die Tür zu und ließ ihn rein. Aber er begrüßte mich gar nicht wie sonst, sondern stürzte schnurstracks ins Zimmer, den Schwanz steil nach hinten gereckt, das Fell gesträubt und die Lefzen grimmig gebleckt.

»Was ist denn los, hm?«, sagte ich. Der Hund ignorierte mich weiterhin und schnupperte aufgeregt am Bett und am Schreibtisch, und schließlich hockte er sich davor und gab leise, knurrende Laute von sich.

Langsam kam mir das alles wirklich seltsam vor. Warum führte sich Taxi so dermaßen auf? Irgendwie bildete ich mir ein, so etwas wie eine fremde Präsenz in meinem Zimmer zu spüren, und obwohl ich mir albern vorkam, bückte ich mich und sah unter den Schreibtisch. Natürlich war da unten niemand, der mit gezogener Waffe darauf wartete, dass ich ihn entdeckte. Dann sah ich mich im Zimmer um und prüfte, ob irgendetwas fehlte. Mein Portemonnaie – war da, Laptop – auch, Handy – wo war mein Handy? Unter dem Bett. O.k. Trotzdem wurde ich das mulmige Gefühl nicht los. Noch einmal ging ich zum Fenster, öffnete es und blickte hinunter in den Garten. Doch da war alles ruhig. Kein davonhuschender Schatten, keine seltsamen Geräusche. Nichts außer Bäumen und Rasen und all das beleuchtet von einem ziemlich schönen Mond. Ich zog das Fenster zu und kippte es wieder an. Inzwischen hatte sich auch Taxi eingekriegt und unter dem Schreibtisch zusammengerollt.

»Tja, war wohl ein Fehlalarm«, sagte ich zu ihm, knipste

das Licht aus und legte mich wieder ins Bett. Ich versuchte zu schlafen, aber ich war hellwach. Wenn nun doch jemand in meinem Zimmer gewesen war? Das wäre ja der Hit. Gestern waren meine Eltern in den Urlaub gefahren und meine Mutter hatte mir noch eine Gardinenpredigt gehalten: Mach die Fenster zu und schließ die Tür ab, und Essen ist im Kühlschrank, und sieh ab und zu nach der Post, und meinst du, wir können dich wirklich allein lassen? Und ich hatte nur die Augen verdreht und »ja, ja« gesagt und war froh gewesen, als sie sich endlich von mir losgeeist hatten und in ihr Auto geklettert waren. Und kaum waren sie weg, nun das.

Aber andererseits, warum sollte irgendwer in meine Bude einsteigen? Nur um sich hier mal umzusehen? So spektakulär war das Jugendzimmer von Jannik Jarnik nun auch wieder nicht.

Ich fror noch immer und zog mir die Decke bis zur Nase, wälzte mich nach links, wälzte mich nach rechts, Rückenlage, Bauchlage. Wahrscheinlich wurde ich nur langsam bekloppt und hatte das Fenster gar nicht angekippt, sondern nach dem Lüften einfach vergessen, es richtig zu schließen. Aber irgendwie seltsam war das schon. Und schließlich sprang ich doch noch einmal auf und schloss das Fenster ganz.

Als ich die Augen aufschlug, herrschte schiere Verwirrung in meinem Kopf. Manchmal ist es ganz schön schwer, sich zurechtzufinden. Mein Comic kam mir gerade ziemlich abstrus vor. Fatih und Erkan hatten ganze Arbeit geleistet. Es schwebte ein bronzefarbener Traum über mir.

Ich schwang mich aus dem Bett und auf einmal hatte ich das Bedürfnis, Aynurs glatten, roten Stein in die Hand zu nehmen und so lange anzustarren, bis ich das alles verstehen würde. »Vielleicht wird er dich eines Tages zur Erkenntnis führen«, hatte sie gesagt. Die hatte ich jetzt dringend nötig. Ich schlurfte zum Schreibtisch, wo ich ihn zuletzt gesehen zu haben glaubte. Aber statt des Steins war da nur eine kleine Fläche, auf der etwas weniger Staub lag als auf der restlichen. Verdammt, der musste doch da liegen?

Ungeduldig riss ich Schubladen auf, suchte Regale ab, sah unters Bett, hob den Teppich an und fand – nichts. Fieberhaft überlegte ich, wo ich den Jaspis das letzte Mal gesehen hatte, und ich war ganz sicher, dass es erst neulich auf dem Schreibtisch gewesen war.

Das war ja nun wirklich seltsam. Da hatte ich das Ding bis vor drei Monaten ständig als Talisman in der Hosentasche mit mir herumgeschleppt und ihn nicht verloren und nun war er weg.

Zwei Jahre hat sie dich angeschmachtet … ging mir durch den Kopf. Die Sache mit dem Stein begann nun wirklich, mich zu ärgern. Der konnte doch nicht einfach so plötzlich vom Erdboden verschwunden sein! Und dann fiel mir auf einmal die Szene vor den *Lustigen Lurchen* ein. Luisa, die Wiedervereinigung mit Nele, und wie ich verlegen meine Taschen durchforstet hatte, und Neles eigenartigen Blick, als ich den Stein aus der Hose gezogen hatte. Fast so, als hätte sie geahnt, welche Bedeutung er für mich hatte. Aber woher hätte sie das wissen sollen? Jedenfalls war es wohl Neles seltsamer Blick gewesen, der mich veranlasst hatte, noch am Abend den Stein aus der Tasche zu nehmen und ihn auf den Schreibtisch zu dem anderen heimatlosen Kram zu legen, der keinen oder noch keinen Platz in meinem Leben hatte.

Und dann fiel mir diese Sache von heute Nacht wieder ein. Hatte etwa Nele …? Aber warum sollte sie?

Noch einmal sah ich mich um, ob sonst noch etwas fehlte. Aber nein. Der Stein war das Einzige, was ich vermisste. Was für ein seltsamer Einstieg in den Tag.

Dieser Tag ging genauso weiter, wie er begonnen hatte. Taxi ließ ich draußen im Garten, und in der Schule musste ich ständig zu Aynur hinübersehen, so sehr, dass es selbst Micha aufzufallen schien, denn er starrte mich feindselig an, und als ich mich umdrehte, kniff er die Augen zusammen und zeigte mir den Finger. Wütend hielt ich ihm meinen entgegen. Was ging das den Idioten eigentlich noch an? Ganz offensichtlich war er ja nicht mehr mit Aynur zusammen.

In diesem Augenblick wandte sich Aynur um und sah Micha und mich herumzicken. Daraufhin verdrehte sie nur die Augen und blickte wieder nach vorne. Ich wurde rot und Micha drehte sich weg und scharrte verlegen mit den Füßen. Innerlich seufzte ich. Ich hatte es ja ohnehin verkackt und da nützte nun auch alles Geschmachte nichts mehr. Und von all dem mal abgesehen war ich ja schließlich noch irgendwie mit Nele zusammen, auch wenn ich mich immer öfter fragte, warum.

Auch der Abend dieses Tages verlief nicht viel erfreulicher als der Rest. Gegen acht tauchte ich in der *Neuen Freiheit* auf, denn ich wollte noch ein paar Progis auf die Rechner spielen. Eigentlich war ich ziemlich tranig und hatte nicht die mindeste Lust, noch irgendwas zu machen. Dieses seltsame Gefühl, irgendwie leer und müde zu sein, war heute besonders stark. Und obwohl ich in letzter Zeit ein wenig kürzertrat und nicht mehr jedes Wochenende unterwegs war, war mir trotzdem irgendwie alles zu viel. Und je mehr ich mich von Nele entfremdete, desto weniger Lust hatte ich auf die *Neue Freiheit*. Aber einfach so aussteigen, da brauchte ich mich keinen Illusionen hinzugeben, dann konnte ich auch gleich in eine andere Stadt ziehen.

Schon als ich den Vorraum betrat, hatte ich den Eindruck, dass heute ein ausnehmend schlechtes Karma in der Bude hing.

»Sieh mal an, unser Schenk-Aufsteiger gibt sich die Ehre«, ätzte Kevin in sein Bier und glotzte mich mit hervorquellenden Augen an. Herrje, der war ja hackedicht.

»Na, Bügelfalte, meinst du, du bist ein gutes Vorbild, wenn du dir hier vor den Kids die Kante gibst?«

»Halt bloß die Klappe, du Arschkriecher!« Er ließ seinen Blick durch den Raum schweifen. Seine Augen sahen trüb aus und feucht wie eingelegte Zwiebeln. Ein Geflecht geplatzter Äderchen überzog das Weiß seines Augapfels. Aber dann war da noch dieses gefährliche Glitzern. Und dann, es war aus heiterem Himmel, zerschlug er die Bierflasche an der Kante des Tresens und hielt den abgebrochenen Flaschenhals drohend in meine Richtung. Ich zuckte zusammen. Mit so einem Ausbruch hatte ich nun doch nicht gerechnet.

»Ich weiß, irgendwas ist faul an dir, Bürschchen!«, lallte er und ließ sich schwerfällig vom Barhocker gleiten.

Ich schwieg und sah ihn abfällig an. Was hätte ich auf so einen Mist auch sagen sollen? Kevin stolperte zum Ausgang, die Tür fiel krachend ins Schloss und dann schallte von draußen das Geräusch zerbrochenen Glases herein. Der Penner hatte den Rest der Flasche an die nächstbeste Hauswand geschleudert.

Es dauerte einen Moment, bis ich mich wieder rühren konnte. Dieser auffällig unauffällige Langweiler hatte ja echte Amokläuferqualitäten. Ich verharrte noch einen Augenblick in Schreckstarre, ehe ich mich zur Tür schlich. Jederzeit bereit, in Deckung zu gehen, steckte ich meinen Kopf kurz heraus, aber die Straße war leer. Trotzdem schloss ich den Club ab, ehe ich in den Computerraum ging.

So langsam beruhigte ich mich wieder. Der Typ hatte sie ja nicht mehr alle!

Als ich den ersten Rechner hochgefahren hatte und mich eben wundern wollte, wo das Hintergrundbild für den

Desktop blieb, blinkte auf einmal ein grün-blaues Foto auf. Drei Typen saßen auf einer Parkbank. Die beiden äußeren hatten die Arme um den mittleren gelegt. Ich erschrak. Unverkennbar, das war ich zusammen mit Fatih und Erkan. Das war ja echt der Abschuss! Hatte Kevin, dieses kranke Arschloch, mich bespitzelt? Und wieso hatte ich naiver Volltrottel das nicht bemerkt? Es war doch wirklich zum Kotzen, dass man sich in diesem Schnarchkaff keine fünf Minuten unbeobachtet bewegen konnte!

Unter dem Bild stand in neongelber Frakturschrift:

Jannik, die Schwuchtel, zwei Minuten vor der Blutschande …

Sehr witzig! Als ich das Hintergrundbild löschen wollte, bemerkte ich, dass meine Finger zitterten, und ich holte erst einmal tief Luft. Obwohl nichts Verdächtiges zu hören war, stand ich noch einmal auf und drehte eine Runde. Irgendwie hatte ich das Bedürfnis, nachzusehen, ob ich auch wirklich allein war. Sogar die Tür überprüfte ich noch mal, ob ich auch tatsächlich zugeschlossen hatte. Nach der Fenstersache heute Nacht gab es keinen Grund, übermäßiges Vertrauen in meine Schließerqualitäten zu setzen.

Schließlich kochte ich mir einen Kaffee, und beinahe wäre mir die Tasse aus den Händen geglitten, weil meine Handflächen so feucht waren. Ich fluchte. Es war wirklich Zeit, sich ein wenig zusammenzureißen. Wenn Kevin gerade das Nervenbündel Jannik Jarnik so sähe, der Sack würde sich glatt ein Loch in den Bauch freuen. Ruhe bewahren, Jannik, sagte ich mir und zwang mich, meine Arbeit an den PCs wieder aufzunehmen. Anstelle des Fotos setzte ich ein Manga und spielte die Software auf.

Dann fuhr ich den nächsten Rechner hoch und Jannik Jarnik auf einer Parkbank blickte mir verstört entgegen und Fatih und Erkan hatten ihm beruhigend die Hände auf die Schultern gelegt.

Mann, war das witzig. Ich löschte auch diesen Hintergrund, und das tat ich auch beim dritten Rechner, beim vierten, fünften, sechsten, siebten – bis das Foto von allen fünfzehn Rechnern verschwunden war. Da hatte Kevin ja ganze Arbeit geleistet. Bestimmt war ich nicht der Erste, der dieses Foto gesehen hatte. Aber andererseits, was ging es die anderen eigentlich an, mit wem ich mich unterhielt? Aber trotzdem fühlte ich mich so müde und leer im Hirn, dass ich mich am liebsten unter einem der Tische zusammengerollt hätte. Ich überlegte, ob ich heute Nacht vielleicht bei Nele schlafen sollte, dann müsste ich nicht noch die fünf Kilometer den Berg hochstrampeln. Aber ich entschied mich anders. Auf das Thema Nachwuchs hatte ich heute überhaupt keine Lust und außerdem war ich mit Taxi noch nicht draußen gewesen.

Ich fuhr die Rechner herunter und knipste das Licht aus. Als ich die Tür öffnete und auf die Straße trat, fühlte ich mich irgendwie befreit. Doch meine Erleichterung hielt nicht lange vor, denn als ich ums Eck ging, sah ich, dass jemand mein Fahrrad umgedreht und auf Sattel und Lenker gestellt hatte. Was sollte das denn? Das war heute wirklich ganz definitiv nicht mein Tag. Irgendein Vollidiot hatte beide Reifen aufgeschlitzt. Wütend trat ich gegen die Hauswand. Morgen würde Kevin, dieser Wichser, was erleben. Darauf konnte er sich verlassen. Entnervt stellte ich das ramponierte Rad auf seine platten Reifen und machte mich auf den Heimweg. Fast hätte ich heulen können, und noch einmal zögerte ich für einen kurzen Moment, ob ich nicht doch bei Nele klingeln sollte. Es wären nur fünf Minuten. Aber nein. Besser nicht. Also schob ich, und irgendwie hatte ich das Gefühl, mit der platten Möhre überhaupt nicht vom Fleck zu kommen. So zu Fuß schien der Berg viel steiler und die Straße viel dunkler. Und weil ich ohnehin schon so schrecklich müde war, flirrten eigenartige Schatten an mir vorbei, die ich immer nur aus den Augenwinkeln wahrnehmen konnte. Und auch die Geräusche kamen mir seltsam vor. Mit dem Fahrrad sauste ich einfach durch den Wald, aber nun, auf meine Langsamkeit zurückgeworfen, hörte ich jeden Laut. Der ganze Wald schien plötzlich auf den Beinen zu sein. Es knackte und ächzte, und ein Wind war aufgekommen, und es raschelte und säuselte und trampelte aus dem Dunkel hervor. Immer wieder drehte ich mich um. Aber es war niemand zu sehen. Und dennoch hatte ich das Gefühl, nicht allein zu sein. Unwillkürlich lief ich immer schneller und schneller und das bescheuerte Rad schepperte und klingelte wie doof auf dem unebenen Untergrund. Am liebsten hätte ich das olle Ding in den Straßengraben geworfen und wäre losgerannt.

Alter, so langsam wirst du paranoid, dachte ich, als ich bemerkte, dass ich nun wirklich fast joggte, und zwang mich, langsamer zu gehen.

War es wirklich Kevin gewesen, der mich mit Fatih und Erkan gesehen hatte? Aber der wäre doch sicherlich auf direktem Weg zu Schenk gekrochen und hätte ihm mit den Fotos vor der Nase herumgewedelt. So subtil, die Bilder auf den Rechner zu spielen, war der Schleimscheißer doch gar nicht. Aber wer sollte es sonst gewesen sein? Und vor allem, warum? Immerhin war es Kevin, der mir schon seit Langem den Krieg erklärt hatte. Und warum beschäftigte mich das überhaupt so? Eigentlich war es doch wirklich scheißegal, mit wem ich mich traf. Das war ja wohl meine Sache. Und außerdem war es ja nicht ich gewesen, der auf diesem Treffen bestanden hatte. Ganz bestimmt nicht.

Ich zog den Kragen meiner Jacke bis zum Kinn. Dafür, dass es schon auf Ende März zuging, war es noch verdammt kalt. Warum hatte Kevin eigentlich das Rad auf den Kopf gestellt? Eigentlich hatte ich gar keine Lust mehr, noch länger zu grübeln. Das Einzige, wonach ich mich im Augenblick sehnte, war mein Bett. Und auf einmal kam mir ein ganz anderer Gedanke. Micha, das Rindvieh! Was hatte er da neulich im Schneewald gesagt?

»Wenn wir dich noch einmal bei den Nazis erwischen, dann bist du dran, mein Freund!« Und über dieses *wir* hatte ich mich ja neulich schon gewundert. Aber wen kannte er denn groß? Außer seinen untertourigen Kifferkumpels wohl keinen.

Wie auch immer und wer auch immer. Insgesamt fühlte ich mich gerade ziemlich beschissen und war echt froh, als ich endlich zu Hause ankam. Mit Taxi ging ich noch eine ganz kleine Runde, immer dicht an den Straßenlaternen, und dann schloss ich alle Fenster und Türen und nahm den Hund mit ins Zimmer, und irgendwie fand ich es überhaupt nicht kühl, dass meine Eltern ausgerechnet jetzt im Urlaub waren.

15

Am nächsten Tag, als ich an meinem eigenen Rechner arbeiten wollte, stellte ich fest, dass ich die Installations-CD in der *Neuen Freiheit* vergessen hatte. Was für ein Mist! Jetzt durfte ich den ganzen Weg noch mal in die Stadt und wieder zurück gurken. Und dabei hatte ich mich heute mal zur Abwechslung ein wenig um meine Hausaufgaben kümmern wollen. Und bevor ich überhaupt irgendwohin kam, musste ich auch erst einmal die Reifen wechseln. Gut, dass ich ein paar Ersatzreifen und Schläuche in der Garage gebunkert hatte.

Als ich im Club ankam, herrschte Feierstimmung. Finn rückte an und legte mir den Arm um die Schulter.

»Alter, gut, dass du kommst. Du bist ja echt der Held.«

»Ich? Wieso?«

»Hey, der Schenk hat heute Morgen angerufen und gefragt, ob die Kohle da ist. Und ich: ›Was denn für Kohle?‹ Und er: ›Na, die sechstausend Euro, die Jannik für meine Homepage kriegt.‹ Und ich dann: ›Ja, was haben wir denn damit zu schaffen?‹ Und er: ›Der Jannik will, dass ich das Geld der *Neuen Freiheit* überweise.‹ Ich bin fast aus allen Wolken gefallen und habe dann gleich auf dem Vereinskonto nachgesehen. Und sieh mal an, die Kohle war da.«

Damit gab er mir einen freundschaftlichen Knuff in die Seite und zerrte mich an den Tresen.

»Alter, du hast echt ein Rad ab, dass du die Kohle nicht für dich selbst willst. Das nenn ich eine aufrechte Gesinnung!«

Ich fühlte mich beschissen. Aufgrund meiner neuen Müdigkeit und auch dadurch, dass ich jetzt an den Wochenenden etwas kürzertrat, war die Website für Schenk noch gar nicht fertig. Wieso überwies der denn jetzt schon?

Ich ging in den Computerraum und steckte die Installations-CD ein. Als ich mich auf den Barhocker schwang, skandierten die anderen »Jannik, Jannik!«, und klatschten und johlten. Ich spürte genau, wie ich rot wurde.

»Kameraden und Kameradinnen, heute machen wir ein Fass auf!«, rief Finn und hob sein Glas. Die anderen taten es ihm nach, und Sören, der heute die Theke machen musste, kam mit dem Ausschenken gar nicht mehr hinterher.

Als ich mein Glas ansetzte, entdeckte ich Kevin, der sich gerade in Richtung Hinterausgang davonschlich. Hatte der ein Glück. Wenn ich den jetzt in die Finger bekommen hätte, wäre er heute seines Lebens nicht mehr froh geworden.

Finn schwang sich auf den Tresen, sodass er alles überblicken konnte.

»So, Jungs und Mädels, nachdem wir jetzt ja dank Jannik ein wohlhabender Verein sind, können wir für das Wochenende endlich den Bus für das Zeltlager mieten. Und darüber hinaus haben wir noch genug Kohle für andere Projekte.« Mit dem Handrücken wischte er die Getränkepreise von der Tafel und griff nach der Kreide. »Also. Ich höre …«

»Ein Camp in Afrika!«, rief Corvin.

»Bei den Niggern? Du hast ja ’ne Vollmeise!«, sagte Finn und verzichtete darauf, Corvins Vorschlag zu notieren. Die anderen lachten.

»Nee, jetzt mal ernsthaft, Leute.« Finn rollte ungeduldig die Kreide zwischen seinen Handflächen.

»Neue Rechner«, »zur Demo in die Reichshauptstadt«, »ein Fest für die Kids und ihre Alten, wenn vorhanden«. Alle plärrten durcheinander und Finn notierte eifrig und ich war so langsam richtig angepisst. Die verprassten hier schon die Kohle und ich hatte sie noch nicht einmal verdient.

»Also gut, die Mehrheit ist für die Demo. Was wir mit dem Rest machen, überlegen wir dann später.«

Ich fuhr aus meinen Grübeleien hoch. Eine Demo, was denn für eine Demo, zur Hölle? Da war ja mal wieder was voll an mir vorbeigelaufen. Die stimmten über irgendwas ab, was ich finanzierte, und ich hatte nicht mal zugehört. Ich blickte zur Tafel, auf der zehn Vorschläge standen, die alle durchgestrichen waren. Nur »Demo« war mit roter Kreide umrahmt. Zufrieden wischte sich Finn den Kreidestaub am Hosenbein ab und sprang vom Tresen.

»Na, Sponsorenjannik, hat dir jemand in den Kaffee gekotzt oder warum siehst du so unfroh aus?«

»Bin nur müde«, sagte ich.

Finn warf mir einen prüfenden Blick zu. Dann nickte er verständnisvoll.

»Alter, ich glaub, ich geh jetzt heim pennen.«

»Wie? Du willst dich nicht ordentlich feiern lassen? Biste Schütze Arsch, oder was?«

»Nee. Echt jetzt. Ich bin total k.o.«

»Sieh mal an. Kamerad Jarnik schwächelt.«

Ich zuckte mit den Schultern.

»Na, dann tu, was du nicht lassen kannst, mein Freund«, sagte Finn. »Reisende soll man nicht aufhalten.«

Und dann nahm er mich doch noch einmal beiseite.

»Wir machen uns ein wenig Sorgen um dich, Jannik. Nele meint auch, dass du irgendwie nicht mehr der Alte bist.«

Und irgendwas war seltsam an der Art, wie er das sagte.

Das muss man sich mal auf der Zunge zergehen lassen: Mehr als ein halbes Jahr hatte ich mich wie doof auf dieses Zeltlager gefreut und jetzt stand es – nicht zuletzt aufgrund meiner Hilfe – vor der Tür und Jannik Jarnik hatte plötzlich gar keine Lust mehr darauf.

Aber wenn ich es mir so recht überlegte, eigentlich war es auch kein Wunder. Natürlich würde der Schmierlappen Kevin mitfahren, und im Augenblick würde ich nicht die Hand dafür ins Feuer legen wollen, dass ich ihm nicht heimlich im Wald auflauern und ihm eine reinhauen würde. Der hatte sie ja nicht mehr alle mit seiner Desktop- und Reifen-Durchstech-Aktion.

Und dann Nele. Die Vorstellung, zweieinhalb Tage am Stück Kevins Hackfresse und Neles hysterische Zustände ertragen zu müssen, ohne irgendeine Tür hinter mir zumachen zu können und meine Ruhe zu haben, ließ mich nun nicht gerade euphorisch werden.

Und dann noch diese Andeutung von Finn, ich sei nicht mehr der Alte. Wie war er denn, der alte Jannik? Ein willenloser Robotnik, oder was? Und warum sülzte Nele neuerdings Finn mit meinen vermeintlichen Befindlichkeiten zu? Die waren doch alle total übergeschnappt.

Aber natürlich bin ich dann doch mitgefahren. Wie hätte ich es auch begründen sollen, dass ich auf einmal nicht mitwollte, jetzt, wo sie sich scheinbar alle einbildeten, dass ich zu irgendwas anderem mutierte, als sie von mir kannten?

Also tauchte ich in aller Herrgottsfrühe auf dem Marktplatz auf, wo der Bus schon mit laufendem Motor wartete. Taxi zog wie irre an der Leine und ich hätte meine rechte Hand verwettet, dass Nele eine Szene machen würde, wenn sie Taxi sah. Aber was sollte ich machen? Meine Eltern waren im Urlaub und ich konnte den Hund nicht ganze zwei Tage sich selbst überlassen.

Und tatsächlich, kaum hatte ich meinen Rucksack abgestellt, stürzte Nele auch schon aus dem Bus und keifte, was das Zeug hielt, und der Hund hatte schon wieder das Nackenfell gesträubt und bellte. Gut, dass ich ihn in weiser Voraussicht an die Leine genommen hatte.

»Taxi, aus!« Ein Affentheater!

»Du Arsch, warum schleppst du denn schon wieder deinen Bluthund mit?«

Eigentlich sah ich überhaupt nicht ein, warum ich mich vor ihr rechtfertigen sollte, trotzdem sagte ich:

»Gottverdammt, weil meine Eltern im Urlaub sind. Jetzt krieg dich mal wieder ein!«

»Im Urlaub, ja?«, fragte sie, und irgendwie kam es mir so vor, als hätte sie dabei einen ganz merkwürdigen Ausdruck.

»Ja. Bis übernächste Woche. Was dagegen?«

Nele blitzte mich kurz an, machte schweigend auf dem Absatz kehrt und verschwand im Bus. Taxi knurrte noch immer leise. Ich stieg ein und zerrte ihn hinterher.

Nele saß mit verschränkten Armen auf einem der Fensterplätze und starrte hinaus. Neben ihr saß Finn.

»Wer zu spät kommt, den bestraft das Leben, Jannik!«, sagte er und zwinkerte mir zu.

Es kam mir wie eine halbe Ewigkeit vor, bis der Bus endlich mitten in der Pampa hielt. Ich stieg mit Taxi als Erster aus. Mit dem Wetter hatten wir totales Glück. Von einem Tag auf den anderen schien das Frühjahr ausgebrochen zu sein und plötzlich sprießte es und duftete und war ungewöhnlich warm. Alles wirkte so still und friedlich und gleichzeitig gespannt und voller Aufbruch. Aber da sieht man mal, dass einem manchmal auch die Natur irgendwas vorspielt.

Finn zählte noch einmal durch und legte ein ganz schönes Tempo vor. Nach zehn Minuten fingen die ersten Kids auch schon zu nölen an.

»Reißt euch gefälligst mal ein bisschen zusammen. Leute, die nur fernsehen und Chips essen, können wir hier nicht gebrauchen!«

Mann, Finn hat ja auch eine prächtige Laune, dachte ich.

Für eine Weile herrschte eine unglaubliche Ruhe, weil die Kids sich so darauf konzentrierten, Schritt zu halten, aber plötzlich fing Max wieder an zu maulen:

»Ich kann nicht mehr!«

»Du kannst gerne umdrehen, Max. Wir holen dich dann morgen Abend hier ab«, sagte Finn.

»Das sag ich«, schnaubte Max.

»Ach ja? Wem willst du das denn sagen? Deinem versoffenen Vater vielleicht? Der holt dich bestimmt gerne hier ab.«

Max blieb stehen und verschränkte die Arme vor der Brust. Aber in seinen Augen schimmerte es verdächtig.

»Du bleibst hier? Fein, Max. Couchpotatoes wie dich wollen wir sowieso nicht dabeihaben«, sagte Finn und ging ungerührt weiter.

Bestimmt würde Max gleich unseren ganzen Ausflug torpedieren, aber zu meiner allergrößten Verblüffung biss er die Zähne zusammen und lief klaglos weiter, bis wir nach anderthalb Stunden den Platz erreicht hatten, den Finn für unsere Zelte auserkoren hatte.

Während Finn mit den anderen im Wald verschwand, blieb ich mit Nele und Taxi bei unserem Gepäck. Nele ignorierte mich und machte einen großen Bogen um den Hund, und ich hatte auch keine Lust, die Wogen zu glätten. Also drehte ich mich um und fing schon mal an, das Gepäck zu sortieren. Aber ich spürte genau, wie sich ihr Blick in meinen Rücken bohrte. Trotzdem sah ich mich nicht nach ihr um.

»Na ja, Jannik, so wie du die Sachen anfasst, merkt man gleich, dass du nur das Laptop bist«, fing sie auf einmal an.

Ich ignorierte ihren Kommentar und räumte einfach weiter. Eine lange Pause entstand, in der keiner von uns etwas sagte. Doch schließlich fügte sie hinzu:

»Aber was soll man auch erwarten von einem Türkenfreund.«

Innerlich fuhr ich zusammen. Woher wusste denn Nele von dem Gespräch mit Aynurs Brüdern? War sie etwa für das Bild auf den Rechnern verantwortlich? Oder hatte Pomadenkevin gequatscht? Aber überhaupt, was sollte denn diese Ansage? Es ging sie ja wohl einen Feuchten an. Blöde Kuh, dachte ich und sagte: »Na, dann wärste halt mit dem Lagerfeuer in den Wald gegangen, wenn es dir hier mit mir nicht passt!«

»Der ist wenigstens nicht so ein Feigling wie du!«

Ich ging gar nicht darauf ein.

»Weißt du was? Du kannst mich mal.«

In diesem Moment stieß Nele plötzlich seltsame, würgende Geräusche aus, hielt sich die Hand vor den Mund, rannte ein Stückchen querfeldein und übergab sich. Auf einmal tat sie mir doch leid und ich lief zu ihr.

»Hey, alles o.k.?«, fragte ich sie und wollte sie in die Arme nehmen, aber sie stieß mich weg.

»Sieht das etwa so aus, als ob alles o.k. wäre?« Damit ließ sie mich stehen und stapfte zurück in Richtung Zeltplatz.

Nele konnte so eine Zicke sein. Aynur war nie zickig gewesen. Nicht ein einziges Mal. Gedankenverloren wühlte ich in meiner Hosentasche, aber dann fiel mir wieder ein, dass der Stein ja verschollen war.

Lustlos kramte ich den Tabak aus meiner Jacke und drehte mir eine. Als ich sie eben ansteckte, kehrte Finn mit den anderen aus dem Wald zurück.

»Na, du Schlot, willste, dass die Bäume an Lungenkrebs krepieren?«

Sehr witzig.

»Los, Laptop, mach dich mal nützlich und komm mit«, forderte Finn mich auf und widerwillig folgte ich ihm.

Finn hatte etwa dreißig armdicke Stämmchen markiert und zeigte den Kids, wie sie sie umhacken sollten. Im Gepäck hatte er mehrere kleine Äxte, die er an die Kinder austeilte. Finn und Kevin liefen zwischen den Kindern hin und her und gaben Anweisungen.

Und als die ersten müde wurden, trieb Kevin die Kids mit den Worten an:

»Hey, gebt mal ein wenig mehr Gas. Hier herrscht ja eine Arbeitsmoral wie im allerletzten Negerkral!«

Na, das passte zu ihm. Vornerum kreuzbieder und dann den Rassisten geben.

»So musst du schlagen, Ludwig«, sagte Finn und zeigte ihm noch einmal, wie er die Axt halten sollte. Ludwig war ganz rot im Gesicht.

»Lass ihn doch, Finn. Der hat doch schon eine ganz rote Birne.«

»Halt die Klappe, Jannik. Dein Hätschel-Tätschel-Kanaken-Freund-Dingens hilft uns hier überhaupt nicht. Wenn die hier mitmachen wollen, dann müssen sie auch richtig mitmachen, und wer es nicht schafft, der muss das nächste Mal eben zu Hause bleiben. Die Volksgemeinschaft braucht keine Schwächlinge!«

»Pf! Volksgemeinschaft!«, entfuhr es mir.

Finn sah mich seltsam an, und ich hatte das Gefühl, dass etwas Drohendes in seinem Blick lag.

»Ja. Volksgemeinschaft. So als Türkenfreund kannst du mit dem Begriff sicherlich nicht allzu viel anfangen.«

Jetzt fing Finn auch noch damit an! Hatte der sich mit Nele abgesprochen oder mit dem Schleimscheißer verbündet? Das war doch alles eine große Scheiße.

»Und wenn der jetzt zusammenklappt?«, hakte ich nach.

»Ach, was. Der klappt schon nicht zusammen. Bist doch ein echter Kamerad, was, Ludwig?«, sagte Finn und hieb ihm freundschaftlich auf den Rücken.

Ludwig nickte.

»Na klar, ich bin ein richtiger Deutscher! Schau doch mal Jannik! Schau!«, rief er und drosch dann wie ein Irrer auf den Stamm des Bäumchens ein.

»So, meine Damen und Herren, Pause ist angesagt! Wenn ich bitten darf!«, rief Kevin, nachdem auch der letzte der markierten Stämme gefallen war, und holte aus unserer unendlichen Proviantbox die belegten Brötchen hervor.

Nach der Pause schleppten wir die Stämme zu unserem Lagerplatz und die Kids stellten sich überraschend geschickt an, und am Nachmittag standen tatsächlich alle sechs Zelt-Skelette. Nun mussten wir sie nur noch mit irgendetwas verkleiden.

»Und nun«, ließ Kevin verlautbaren, »öffnet mal diese beiden Kisten!«

Er deutete auf zwei große tarnfarbene Boxen, und die Kurzen stürmten los, als gelte es, einen großartigen Schatz zu heben. Max war als Erster bei den Kisten und hob den Deckel. Enttäuscht ließ er ihn wieder zuklappen.

»Da ist ja nur olle Folie drinnen«, sagte er und zog einen Flunsch.

»Das ist keine olle Folie, Max. Das sind prima Planen, mit denen wir unsere Zelte dicht kriegen«, belehrte ihn Kevin und öffnete die Box wieder und zog einen ganzen Schwung olivgrüner Planen hervor.

»Wo haste die denn her?«, fragte ich, weil ich mir nicht erklären konnte, wo er so viele Armeeplanen herhaben könnte.

»Alles noch aus NVA-Beständen«, sagte er. »Die haben das damals quasi verschenkt.«

Ich verdrehte die Augen. »Na klar, weil du bei der Wende '89 ja auch als Einjähriger losgezogen bist, um Armeeplanen zu kaufen.«

»Sagt ja keiner, dass ich das war, Kamerad. Mein Alter natürlich.« Und nach kurzem Schweigen fügte er hinzu: »Da hat garantiert noch kein Kanake drin genächtigt!« Dann brach er in wieherndes Gelächter aus und die Kids stimmten mit ein.

»Haha!«, sagte ich und drehte mich um, um Nele zu suchen. Als ich sie bei unseren Kisten und Rucksäcken fand, war sie gerade dabei, Julian, der ganz verheulte Augen hatte, ein Pflaster aufs Knie zu kleben. »Was ist denn passiert?«, fragte ich.

»Nix.«

»Kann ich dir irgendwie helfen?«, fragte ich.

»Nein.«

Na, dann halt nicht. Stattdessen marschierte ich wieder zu den Armeekisten und half Greta beim Ausrollen der Planen. Dann zerrte ich die beiden Kisten heran, stapelte sie übereinander und stellte mich darauf, um die Plane so einzuhängen, dass oben ein ausreichend großes Loch frei blieb, dass wir abends ein Lagerfeuer im Zelt anzünden konnten, ohne an einer Rauchvergiftung zu verröcheln, während Taxi im Wald herumtollte.

Kevin rannte mit Kennermiene um die Zelte und zog an den Planen, die schon hingen.

Als es dunkel wurde, standen sie auch tatsächlich, unsere Zelte, und waren äußerst brandgefährdet, weil die Kids ständig mehr und noch mehr Holz auf die Feuer schichteten. Finn sprang von Zelt zu Zelt und rief:

»Hey, wir wollen hier keinen Scheiterhaufen errichten!«

Es grenzte wirklich an ein Wunder, dass keines der Zelte Feuer fing. Die Kids waren von der für sie ungewohnten körperlichen Arbeit so erschöpft, dass sie ungewöhnlich friedlich waren. Corvin wuchtete mehrere größere Töpfe in das größte der Zelte, und zusammen mit ihm bastelte ich eine Vorrichtung, damit er die Töpfe übers Feuer hängen und uns etwas zum Abendbrot brutzeln konnte.

So ohne Beschäftigung wurde es langsam richtig kalt, aber wir hatten inzwischen alles erledigt. Sogar Feuerholz hatten wir ausreichend gesammelt. Es war zwar ziemlich feucht, aber mit genügend Grillanzünder brannte fast alles.

Den Boden der Zelte hatten wir mit Isomatten und Rettungsfolie ausgeschlagen und der Schein des Feuers tanzte auf der spiegelnden Folie. Bis Corvin mit seiner Kocherei fertig war, spielten wir ein wenig Karten. Dann bekam jeder einen Blechnapf und -löffel in die Hand gedrückt, und Corvin schöpfte mit einer riesigen verbeulten Kelle seinen dicken Eintopf in die Näpfe, die wir ihm hinhielten.

»Corvin, dein Essen schmatzt. Gut, dass es so schummrig ist im Zelt«, rief Finn.

»Halt bloß die Klappe, Finn. Wer freiwillig Maden isst, darf bei Eintopf nicht meckern!«

»Ja, aber die waren wenigstens nicht versalzen!«

»Dann muss das nächste Mal eben jemand an die Taschenlampe denken und mir in den Topf leuchten!«

Sören machte dicke Backen und sagte:

»Corvin, du solltest besser Bestatter werden!«

Corvin breitete die Arme aus.

»Meine Alten haben nun mal einen Gast- und keinen Friedhof.«

Nach dem Essen sahen wir zu, dass die Kids sich in ihre Zelte verkrümelten. Es wurde für jedes Zelt ausgelost, wer von ihnen Nachtwache halten und wer Holz nachlegen musste, und dann hockten wir Betreuer uns wieder ins große Zelt und schwatzten. Nach einer Weile ging Kevin vor das Zelt. Nach fünf Minuten kam er mit einem großen Rucksack zurück und förderte eine ganze Menge Schnapspullen zutage.

»Dann wollen wir den Tag mal nicht so nüchtern ausklingen lassen, was?«, zwinkerte er.

Die anderen johlten und applaudierten.

»Was soll das denn?«, fragte ich. »Die Kids werden aus dem Club geworfen, wenn sie was getrunken haben, und wir geben uns jetzt die Kante, während die pennen?«

»Seit Sponsoren-Jannik mit den Kanaken rumhängt, trinkt er nämlich keinen Alkohol mehr«, ätzte Nele. Am liebsten hätte ich ihr eine gescheuert.

»Was regst du dich denn so auf, Jannik?«, fiel mir auch noch Finn in den Rücken. »Bist du neuerdings Antialkoholiker, oder was?«

»Das ist doch jetzt gar nicht die Frage, es geht doch hier vielmehr ums Prinzip.«

Kevin öffnete eine der Flaschen, nahm einen kräftigen Zug und reichte die Flasche an Corvin weiter.

Als sie bei mir ankam, stieß mir Finn in die Seite. »Was ist nun? Möchtest du einen Schluck, oder ziehst du es vor, weiter einen Vortrag über Prinzipien zu halten?«

»Los, gib schon her!«, sagte ich und nahm einen extragroßen Schluck. Schließlich hatte ich ja keine ihrer Regeln aufgestellt.

»Na, sieh mal an! Unser Islamist erweist sich ja als trinkfest«, machte sich Kevin lustig.

Arschkrampe, dachte ich.

Irgendwann sprang Nele wieder auf und hielt sich die Hand vor den Mund. Selber schuld, wenn sie nichts verträgt, dachte ich. Sollte sie sich doch die Seele aus dem Leib kotzen. Noch mal würde ich ihr nicht hinterherrennen. Jemand hatte Musik dabei. Ziemlich hartes Geschrummel und Texte wie »heute Deutschland und morgen die Welt«. Gerade kam mir das unglaublich hohl vor, so hohl, dass ich am liebsten meinen Kram gepackt und abgehauen wäre. Aber ich saß hier fest.

Schließlich hatte ich die Schnauze voll von dem ganzen Wir-sind-alles-Brüder-Getue und ich ging vor das Zelt. Ganz in der Nähe gab es einen kleinen See, und an diesem ließ ich mich nieder und war froh, dass ich allein war.

Ich wickelte mich fester in meine Jacke und starrte den Mond an, der sich in einem der Wipfel verfangen zu haben schien. Und der Himmel weiß, weshalb, aber wie er da so hing, musste ich an eine schwangere Frau denken. Genau in diesem Moment griff etwas nach mir, und ich wollte schreien, aber der Schrei blieb irgendwo in meiner Kehle stecken und heraus kam nur ein seltsames Röcheln. Ich drehte mich um und da stand Finn. Der Drecksack konnte sich anschleichen wie eine Baumkatze.

»Du solltest dich wirklich mehr um Nele kümmern, Jannik«, sagte er, und die Art, wie er das sagte, hinterließ einen ganz ekligen Nachgeschmack.

Am nächsten Morgen erwachte ich, weil mir die Kälte in den Schlafsack gekrochen war und Taxi mir übers Gesicht leckte. Im ersten Augenblick hatte ich keine Ahnung, wo ich mich befand. Aber als ich die leeren Flaschen sah, die überall auf dem Zeltboden herumlagen, und all die Mumien in ihren Schlafsäcken, kehrte so langsam die Erinnerung zurück.

Eine Gänsehaut krabbelte an meinen Gliedern entlang, als ich mich aus meinem Schlafsack schälte, um etwas Holz aufzuschichten und das Feuer erneut zu entfachen.

Als ich die Zeltplane zurückschlug, sah ich, dass bereits etwas Leben in einige der Mumien gekommen war. Nele raffte sich als Erste auf und war bleich wie eine Wand. Aufraffen traf es vielleicht nicht ganz, streng genommen schoss sie aus dem Schlafsack und übergab sich vor dem Zelt. Unwillkürlich musste ich wieder an Finns seltsames Gefasel denken und ein sehr, sehr beklemmendes Gefühl machte sich in mir breit. War sie vielleicht …? Hatte es vielleicht doch *geklappt*?

Ich schichtete Holz auf und vermied dabei jede ruckartige Bewegung und hatte tatsächlich Schwierigkeiten, das Feuer wieder in Gang zu bringen. Und ich kam gar nicht mehr heraus aus dem Grübeln. Verdammt, wir waren doch viel zu jung. Wütend kickte ich nach einem Holzscheit.

Inzwischen waren auch draußen die ersten Kids aus ihren Zelten gekrochen und standen verschlafen und bibbernd auf dem Platz.

»Finn! Kundschaft!«, rief ich und rüttelte an seinem schnarchenden Schlafsack. Das Schnarchen verstummte abrupt und Finn schoss wie von der Tarantel gestochen in die Senkrechte.

»Was? Wo?«, schrie er.

Die Kids lachten.

»Komm mal wieder runter, keine Gefahr im Verzug. Du bist hier nicht in Stalingrad, sondern nur in Hinteramarschderwelt«, sagte Kevin, der im Zelteingang aufgetaucht war.

Finn verdrehte die Augen und stieg elastisch wie ein Gummi in seine Hosen.

»So, dann werde ich die kleinen Teigärsche mal durch den Wald jagen. Und euch würde etwas Bewegung auch guttun. Ein guter Kamerad wohnt in einem gesunden Körper.«

Aber er erntete nur ein undeutliches Raunen.

»Ja, ja. Geh mit Odin, aber geh!«, sagte Corvin und drehte sich in seinem Schlafsack auf die andere Seite und gähnte zum Gotterbarmen.

Finn verdrückte sich und wir anderen machten Frühstück. Eine Stunde später rückte Finn mit seinem verschwitzten Haufen wieder an und dann fielen sie über das Frühstück her.

Danach veranstalteten Kevin und Finn noch eine Art Räuber-und-Gendarm-Spiel, während wir anderen damit anfingen, die Planen abzuhängen und in den Kisten zu verstauen, während Corvin uns noch ein letztes schauerliches Mahl zubereitete, und dann war es auch schon Zeit, unsere Rucksäcke aufzuhucken und die anderthalb Stunden durch den Wald zu stiefeln bis zu der Stelle, wo uns unser Bus abholen würde.

Während unseres Marsches waren die Kids ganz aus dem Häuschen, wie schön es gewesen war, und ständig kam einer an, zupfte uns an den Ärmeln und wollte wissen, wann wir denn das nächste Zeltlager machen würden.

Als der Bus kam, warfen sich alle erschöpft in die Sitze und sahen aus dem Fenster und hatten gar keine Kraft mehr, sich aufzuspielen, aber je näher wir unserem Städtchen kamen, desto gedrückter wurde die Stimmung bei den meisten.

Um halb drei hielt der Bus, und einige Eltern hatten sich eingefunden, um ihre Sprösslinge abzuholen. Auf die meisten wartete jedoch niemand. Wir halfen ihnen, ihre Rucksäcke aufzusetzen, und dann schlichen sie nach Hause.

Zuletzt standen wir nur noch mit Max an der Haltestelle. Wir wollten ihn schon heimschicken, aber er behauptete steif und fest, dass sein Vater versprochen hatte, ihn abzuholen. Also warteten wir und warteten. Wer weiß, ob sich der Müller überhaupt noch daran erinnerte, dass er einen Sohn hatte. Aber auf einmal schleuderte ein alter Alfa Romeo mit Heckspoiler um die Ecke und hielt mit quietschenden Reifen. Müller hievte sich mühsam aus dem Fahrersitz, sein Gesicht war tiefrot und seine Nase bläulich und geschwollen vom Alkohol.

»Ey, Max, du Missgeburt! Du hast mir das Jugendamt auf die Pelle gehetzt.« Müllers mächtiger Leib bebte. »Wo ich doch alles für dich getan habe, Junge«, Müllers Augen sahen nun aus wie in Tränen eingelegte Zwiebeln und er wischte sich mit dem Handrücken über die Augen. Aber plötzlich erschien wieder die steile Zornesfalte auf seiner Stirn und aus seinen Augenschlitzen glitzerte es boshaft. »Aber dir werde ich es zeigen! Wie es in den Wald hineinruft ...« Damit stürzte er sich auf Max, der seinen Rucksack fallen gelassen hatte und schreckstarr vor seinem Vater stand. So was hatte ich noch nicht gesehen. Ich hielt den Atem an. Müllers rechte Hand verfehlte nur um Zentimeter Max' Gurgel, aber in diesem Moment schnellte Finn vor und packte Müller, der bestimmt doppelt so schwer war wie er, und nahm ihn in den Schwitzkasten, und Corvin gab Müller eine schallende Ohrfeige, und Kevin, Sören, Greta, Nele kreisten Müller ein.

Max flennte. Finn packte noch etwas fester zu.

»Wir sind noch viel mehr. Glaub mir, Müller, wenn du nicht parierst, wirst du deiner Tage nicht mehr froh werden. Wir wollen hier keine Asozialen wie dich, und du hast ja schon einmal erlebt, was hier mit Assis passiert.«

Müller war ganz bleich geworden und Finn ließ von ihm ab. Verstört rannte Müller los und merkte gar nicht, dass die Tür seines Alfa Romeo noch sperrangelweit offen stand. Auf einmal stolperte er und das war Neles großer Augenblick. Sie trat wie eine Bekloppte auf ihn ein und Müller heulte wie ein kleines Kind.

»Nele!«, rief ich. Ich stand wie ein Zaungast weit weg von den anderen, hielt Taxi an der Leine und war total schockiert. Gut, Müller war ein verantwortungsloses, selbstmitleidiges Arschloch, das seinen Sohn schlug, aber jetzt lag er am Boden und war ziemlich hilflos, und meine Freundin misshandelte einen Wehrlosen und das mit einer Wut, die nicht zu erklären war. Verdammt, wo kam nur diese Wut her?

Nele hielt inne und ging zu Müllers Auto. Sie holte ihren Schlüsselbund hervor und sagte:

»Schau her, Müller, und das ist nur der Anfang.« Sie wedelte mit dem Schlüsselbund und sah plötzlich mich herausfordernd an. Etwas Rotes baumelte zwischen ihren Schlüsseln. Ich kniff die Augen zusammen. Verdammt! Das gab es doch gar nicht, das Ding sah aus wie … Wie zur Hölle kam der Stein an Neles Schlüsselbund? Ich tat einen Schritt auf sie zu, um festzustellen, ob es wirklich Aynurs Stein war, aber nun schlossen sich Neles Finger, nur der längste der Schlüssel stak aus ihrer Faust und mit diesem ritzte sie *Assis haben ein kurzes Leben* in Müllers Romeo. Dann kletterte sie in das Auto, dessen Tür noch immer offen stand, zog den Schlüssel ab, stieg wieder aus, stellte sich vor Müller und ließ den Schlüssel in den Gully fallen, vor dem Müller lag.

Müller gab ein schwaches »Nein!« von sich.

»Gute Reise. Müller!«, sagte Nele und lachte ein böses und freudloses Lachen.

16

Völlig erschöpft kam ich zu Hause an. Auch Taxi schien genug zu haben. Er warf sich auf seinen Teppich, legte die Schnauze auf die Pfoten und folgte mit halb geschlossenen

Augen meinen Bewegungen, ehe er zufrieden einpennte und träumend mit den Pfoten zuckte. Ich stellte ihm frisches Wasser und Futter in den Flur und mich anschließend unter die Dusche. Der Dreck von sechsunddreißig Stunden Wildnis floss an mir herab und verschwand strudelnd im Abfluss. Zivilisation ist sexy, dachte ich, band mir ein Handtuch um die Hüften und legte mich ins Bett. Ich hatte wirre Träume von Nele in einer Zwangsjacke und Aynur, die blutüberströmt im Graben lag, und Micha, der wieder mein Kumpel und Müller, der tot war und unter der Zunge Aynurs roten Stein hatte. Und dann träumte ich, dass ich das Schuljahr wiederholen musste, und immer läuteten Telefone, die sehr weit weg waren.

Schließlich erwachte ich und stellte fest, dass das Handy wirklich klingelte. Ich sah auf das Display. Es war Schenk. Ich drückte ihn weg. Der konnte mich mal. Stattdessen ging ich in die Küche, kochte Kaffee, und als ich in den Garten trat, war es noch ein ganz klein wenig hell und warm, und ich sah den Wolken nach und auf einmal überfiel mich so ein unglaubliches Fernweh, und am liebsten wäre ich aufgestanden und einfach weggegangen. Weit weg. Mitten in ein neues und unverbrauchtes Leben hinein. Am liebsten hätte ich mich von mir getrennt, Jannik Jarnik an irgendeiner Garderobe abgegeben und beim Weggehen zufällig vergessen und ihm nicht nachgetrauert. Sollte sich doch irgendwer anders mit ihm herumärgern. Aber weil man sich bestenfalls loswird, wenn man stirbt, aber weil auch das nicht so ganz sicher ist und ich auch gar nicht vorhatte zu sterben, musste ich mir irgendetwas anderes einfallen lassen.

Taxi war durch die offene Terrassentür in den Garten nachgekommen, wälzte sich hingebungsvoll im Gras und schien im Gegensatz zu mir recht froh zu sein.

In der Nachbarschaft feierten sie schon Frühlingspartys, und der Duft von gegrilltem Fleisch drang in meine Nase und Gelächter in mein Ohr, und es roch nach Blüten und so viel Leben, dass es mir einfach zu viel war. Ich schlich mit hängenden Ohren in mein Zimmer und kramte die düsterste Mucke hervor, die ich finden konnte.

»Kopf, ja Kopf, wach auf, in deinem Kopf bist du der Krieger, in deinem Kopf verlierst nur du …«, dröhnte *Das Ich* durch meine Bude.

Und so wie es aussah, war ich ja gerade mächtig am Verlieren. Was, wenn Nele wirklich schwanger war? Und das, wo man das mit ihr doch nicht mehr ernstlich eine Beziehung nennen konnte! Hatte sie jemals nach meinen Bedürfnissen gefragt? – Nein, denn ich war Jannik, das Arschloch vom Dienst. Und wenn ich schon so darauf stand, mich beschimpfen zu lassen, könnte ich mich auch regelmäßig mit Micha treffen, der konnte das nämlich auch ganz gut. Ich fragte mich, was mir die Beziehung zu Nele eigentlich noch gab, und das Einzige, was mir einfiel, war »ein recht konstantes schlechtes Gewissen«. Aber falls sie nun doch …? Da konnte ich sie doch nicht im Stich lassen. Und dann noch diese Sache mit dem Stein. War das wirklich *mein* Stein?

War sie tatsächlich bei mir eingestiegen, um Aynurs Stein zu klauen? Und wenn ja, warum? Aber warum hatte sie sonst ihren Schlüsselbund so provozierend in meine Richtung gehalten, wo sie doch eigentlich mit Müller gesprochen hatte? Das war alles ziemlich merkwürdig.

Ich griff zum Handy, um sie anzurufen, da klingelte das Teil wild drauflos. Schon wieder Schenk. Anhänglich wie eine Geschlechtskrankheit, dachte ich und ging entnervt ran.

»Jannik, mein Freund. Wir machen uns Sorgen um dich.«

Da war es wieder, dieses *wir*.

Nachdem ich hartnäckig schwieg, fügte er hinzu: »Jannik, deine Umtriebe sind uns nicht entgangen.«

Ich verdrehte die Augen. Aber ehe er mein Schweigen noch als irgendeine Form von Schuldbewusstsein missdeutete, sagte ich patzig:

»Vielleicht erklären Sie mir einfach mal, was eigentlich Sache ist?!«

»Die Sache ist die, mein lieber Jannik, dass du gesehen wurdest, wie du dich mit höchst zweifelhaften Subjekten umgeben hast«, sagte er, und das Wort »Subjekt« sprach er aus, als hätte er dabei ausgespuckt. »Ich muss dir sagen, dass das in deiner Position inakzeptabel ist.«

Der meinte bestimmt Fatih und Erkan. Kevin, diese Komakröte! Da konnte einem ja wirklich das ganz große Kotzen kommen.

»Du bist alt genug, klar Stellung zu beziehen.«

Bla, bla, dachte ich und schwieg.

»Du bist doch noch dabei, Jannik?«

Und ehe ich richtig nachgedacht hatte: »Ja. Klar.« Und ich glaube, ich hatte es einfach nur gesagt, um das Gespräch schnell zu beenden.

»Schön, schön«, Schenk schien in den Hörer zu grinsen. »Und du weißt ja: Jannik! Wer nicht für uns ist, ist gegen uns«, damit legte er auf.

Die hatten sie ja wohl nicht mehr alle. Die bespitzelten mich! Mich! Ihren wohlmeinenden Schulungskader, Koordinator und Netzadministrator und neuerdings auch noch Sponsor. Sollte doch Bügelfaltenkevin von nun an ihren ganzen Scheiß machen. Die würden sich umgucken.

»Kopf, ja Kopf, wach auf!«, tönte aus meiner Anlage. Ich hatte den Track auf repeat gestellt. Und dann fiel mir wieder ein, weshalb ich eigentlich zum Handy gegriffen hatte.

»In deinem Kopf bist du der Krieger …«

»Jannik?«, fragte Nele.

Als würde sonst noch jemand mein Handy benutzen.

»Hör mal. Ähm, kann es sein, dass … Du bist nicht schwanger, oder?«, platzte ich heraus.

Nele schwieg. Schwieg verdächtig lange.

»Oder?«, bohrte ich nach.

»Das geht dich überhaupt nichts an!«

»Ich meine, dass mich das sehr wohl was angeht.«

Wieder schwieg sie.

»Ist sonst noch was?«, fragte sie schließlich.

»Was ist mit dem Stein?«

»Was für ein Stein?«

»Du weißt genau, was ich meine. Fängst du jetzt auch noch an zu klauen?«

»Du spinnst doch!«

»Ach, ist mir auch scheißegal. Hör mal, das hat einfach keinen Sinn mehr mit uns.«

»Das habe ich mir schon gedacht, dass du kneifst.«

Nun schwiegen wir beide. Und wie gerne wäre ich jetzt sonst wo gewesen.

»Und der Vater ist im Übrigen nicht so ein Verräter wie du.«

Es machte Klick und dann kam das Freizeichen.

Und auch wenn es schwer ist, sich von sich selbst zu trennen, die Trennung von anderen geht manchmal ganz einfach.

Na, ich konnte mir schon denken, wen sie sich auserkoren hatte. Finn, dieses beschissene Verräterarschloch! Dieses ganze Getue mit »wir sind eine Familie«. Nur Geschwätz. Wobei, auf eine bittere Art stimmte es ja.

Gut, dass Osterferien waren, da musste ich wenigstens nicht in die Schule, aber es kotzte mich total an, dass ich gleich am nächsten Tag noch einmal in die *Nationaldemokratie* fahren musste und direkt danach auf diese bekloppte Demo.

Musste? Ich überlegte kurz, ob ich wirklich musste. Im

Moment zog mich nichts, aber rein gar nichts mehr in den Dunstkreis von Schenk oder den anderen. Ich hatte keine Lust mehr auf die *Junge Freiheit* und nicht auf die *Thor-Schar* und auch auf alle anderen nicht. Aber dann riss ich mich zusammen. Bevor ich nicht einen Plan hatte, konnte ich nicht einfach so aufhören. Sonst würde es mir wie Müller ergehen. Oder schlimmer. Und die Kids wollte ich ja auch nicht im Stich lassen. Ich seufzte und recherchierte nach einer Zugverbindung. Immerhin blieben mir so Finns Berichte über das junge nationale Glück erspart.

Am nächsten Morgen, nachdem ich mit Taxi draußen gewesen war, wollte ich eben zum Bahnhof aufbrechen, als es vor der Einfahrt rumpelte. Ich sah aus dem Fenster und unten brummelte Finns Bus. Das war ja seltsam. Was wollte der denn jetzt hier? Diesmal gab es doch gar nichts zu lagerfeuern. Irgendwie war mir mulmig. Hatte Schenk den jetzt doch zu meinem Aufpasser ernannt, oder was? Wie war das – wer nicht für uns ist, ist gegen uns?

Ich stellte Taxi Futter und Wasser hin und verließ mit einem flauen Gefühl im Magen das Haus.

Finn hupte, als er mich sah, und riss die Beifahrertür auf.

»Jannik, mein Freund! Steig ein. Du wolltest doch nicht etwa mit dem Zug und ohne mich fahren, was?« Er lachte.

Ich schluckte. Woher wusste er das? Ich schwieg und kletterte auf den Beifahrersitz.

»Jannik! Wegen Weibern streiten *wir* uns doch nicht, was?«

Ja, ja, und immer schön die Kondome vergessen, dachte ich.

Und als ich weiterhin nicht auf ihn einging, sagte er:

»Komm schon, Jannik! Lagerfeuer und Laptop! Und was hatten wir nicht für eine geile Zeit, was? Jetzt sag doch mal was. Ist gerade richtig langweilig mit dir.«

Nach einer Pause fragte ich:

»Wieso bist du mitgekommen, Finn? Es gibt heute nichts zu lagerfeuern.«

»Reg dich doch nicht so auf, Janniklein. Das ist doch nur gut gemeint. Wir haben, wie soll ich sagen, in letzter Zeit den Eindruck, dass du vielleicht ein bisschen überfordert bist. Und deshalb haben wir beschlossen, dir ein wenig unter die Arme zu greifen.«

Wir! Unter die Arme greifen. Pf! Am liebsten wäre ich Finn an die Gurgel gesprungen, aber ich riss mich zusammen.

Finn laberte weiter auf mich ein, und ich tat irgendwann, als wäre ich eingeschlafen, aber in Wirklichkeit ließ ich ein Auge immer ein wenig offen. So wie sich die Dinge hier wendeten, wusste man ja nie …

Als wir in der *Nationaldemokratie* ankamen, war nur Hanno da. Ich machte mich an die Rechner, Finn stand rum. Stand einfach rum und sah mir zu oder stellte sich hinter mich und blickte mir über die Schulter. Verbissen arbeitete ich weiter, aber ich merkte, wie ich immer wütender wurde.

»Kannst du dich nicht mal woanders aufhalten?«, schnauzte ich ihn an.

»Wieso sollte ich? Hast du was zu verbergen, mein Freund?«, fragte er zurück und ich hätte ihm am liebsten die Fresse poliert. Ich biss die Zähne zusammen und werkelte weiter, aber ich spürte genau, wie Finn jede meiner Handlungen beobachtete. Schließlich hörte ich einfach auf und starrte Finn an, und der starrte zurück, und zum ersten Mal fiel mir auf, dass der tolle Finn eiskalte Augen hatte. Mir lief ein Schauer über den Rücken, aber ich hielt seinem Blick weiterhin stand.

Schließlich sagte ich:

»Wenn du mich weiter beobachten willst, musst du mit rauskommen, denn ich geh jetzt eine rauchen.«

Finn lachte.

»Janniklein, du denkst doch nicht etwa, dass ich dich beschatte. Oder?«

Ich zuckte die Schultern und ging raus.

Ich hatte erwartet, dass er nachkommen würde, aber auch als ich die Kippe anzündete, blieb ich allein. Ich atmete auf. So langsam wurde ich wohl ein bisschen paranoid.

In meinem Kopf war die Hölle los, und ich sehnte mich nach jemandem, den ich mit dem ganzen Schlamassel zutexten konnte und der mir trotzdem keinen Vogel zeigte. Wie gerne würde ich jetzt ein wenig mit Aynur quatschen. Zur Not auch mit Micha. Aber lieber mit Aynur. Ich sah mich um, ob ich noch immer allein auf dem Hof stand. Dann zog ich mein Handy aus der Tasche und rief an.

»Diese Nummer ist leider nicht vergeben«, sagte eine Stimme. F...! Ob ich mal über das Festnetz …? Aber wenn ich dann ihre Eltern dranhatte? Und dann wählte ich doch die Nummer.

»Sie sind verbunden mit der Hotline von Al-Qaida. Wenn Sie Osama bin Laden im Jenseits möchten, drücken Sie die Eins, wenn Sie an einem Terrorcamp in Afghanistan teilnehmen möchten, drücken Sie die Zwei, und wenn Sie mit Familie Yilmaz sprechen wollen, sagen Sie einfach …« Ich hörte ein Prusten, »was Sie wollen.«

Ich musste lachen. »Mann, Fatih, du blöder Wichser!«

»Oh, hallo Jannik. – Erkan, stell dir vor, der Dorfpropagandaminister gibt uns die Ehre …«

»Der will aber bestimmt nicht mit dir blödem Kanaken sprechen, sondern mit unserer schönen Schwester«, quakte Erkans Stimme aus dem Off. Irgendwas kratzte in der Leitung und eine Pause entstand. Dann sagte Fatih:

»Los, krassdummes Kanak, hol Schwester!« Ich hörte Schritte, die sich entfernten.

»Der Terrorist ist auf dem Weg, Schwesterholen ist in Arbeit. Sag an, wie geht's, Alter?«

»Geht so.« Am liebsten hätte ich mich gleich bei Fatih ausgeheult, aber den ganzen Mist konnte man ja gar nicht in einer halben Minute loswerden.

»Ist ziemlich einsam bei den Faschos, hm?«

»Geht so«, sagte ich.

»Und das Sprechen haben sie dir auch abgewöhnt.«

»Und was heißt hier ›Faschos‹?! Ich kümmere mich halt um die Kids. Na ja, der ganze Ideologiescheiß ist mir egal. Und Arschlöcher gibt's doch überall. Und na ja … «

Aus dem Hintergrund hörte ich Erkan von irgendwo brüllen:

»Aynur, Telefon. Liebesgrüße aus dem Vierten Reich!«

»Na ja, die ganze Ideologie ist totaler Mist, aber die andern tun doch nix. Da kann ich mich wenigstens um die Kids kümmern und …« Dann wieder Schritte, die sich näherten.

»Ihr seid solche Vollidioten!«, Aynurs Stimme erklang aus dem Off und mein Herz schlug schneller.

»Das klingt, als hättest mächtig Redebedarf. Kannst gern mal zu den Kanaken zum Essen kommen. – Moment, ich verbinde …«

»Was ist? Wollt ihr zuhören, oder was?«

Fatih und Erkan protestierten im Hintergrund, aber irgendwann schienen sie sich doch entfernt zu haben.

»Ja, hallo?«, sagte sie schließlich in den Hörer.

»Ähm, Aynur – ich bin's, Jannik.« Aynur schwieg einen Moment.

»Warum rufst du an?«

»Na ja, weißt du, wir haben uns ja schon so lange nicht mehr gesehen …«

»Sag mal, was redest du denn da? Wir haben uns doch erst letzte Woche in der Schule gesehen.« Aynurs Stimme klang ruhig und gefasst und gar nicht unfreundlich, aber irgendwie irritiert.

»Ähm, also, ich dachte, vielleicht könnten wir ja mal wieder reden. So richtig, meine ich.«

»Hm.« Und nach einer kurzen Pause fragte sie: »Worüber denn?«

In diesem Moment spürte ich einen Luftzug in meinem Nacken. Ich zuckte zusammen und drehte mich erschrocken um. Finn, dieser Drecksack, hatte sich schon wieder angeschlichen, stand hinter mir und grinste mich mit seinen eisigen Augen an.

»Ähm, sorry, du, ich muss Schluss machen. Es tut mir leid, ehrlich.« Ich drückte Aynur weg und atmete aus.

Finn musterte mich von Kopf bis Fuß. Dann lachte er laut. »Ich hoffe, ich habe dich bei nichts Wichtigem gestört.«

»Ähm, nein, nein. – Was gibt's denn?«

»Nichts. Wollte nur mal ein wenig frische Luft schnappen.« Damit drehte er sich um und ging wieder nach drinnen.

So ein Mist! Aynur musste ja denken, dass ich total übergeschnappt war. Finn entwickelte sich so langsam zu einem echten Problem. So ein verdammter Mist! Was hatte er von dem Gespräch mitbekommen? Irgendwie jagte mir der Typ neuerdings immer öfter eine scheiß Angst ein.

Gerade als ich zurück in den Club gehen wollte, hielt auf der anderen Straßenseite ein Bus und eine rote Haarkaskade auf unendlichen Beinen stieg aus. Brit!

Ich ging ihr entgegen und wunderte mich, dass sie eine

dunkle Stelle um das linke Auge hatte. Zuerst hielt ich es für verlaufene Schminke, aber dann sah ich, dass es ein astreines Veilchen war.

»Hallo, Brit«, rief ich.

Sie grüßte nicht zurück, sondern funkelte mich misstrauisch an.

»Was willst du von mir, du Penner? Und woher weißt du, wie ich heiße?«

»Ähm, na ja, bei unserer ersten Begegnung hat dich einer deiner Freunde, also ich meine – Kumpels, so gerufen.«

»So?«

Ich spürte, dass sie Angst hatte, das aber hinter einer angriffslustigen Feindseligkeit versteckte.

»Was ist denn mit deinem Auge passiert?«, fragte ich.

»Das weißt du ganz genau, du Arsch!«

»Nee, woher sollte ich das denn wissen? Ich war das letzte Mal vor ein paar Wochen hier.«

»O.k., du scheiß Nazi«, brach es schließlich aus ihr heraus, »deine tollen Faschofreunde sind letzte Woche an unserem Lagerfeuer aufgetaucht und über uns hergefallen. Mensch, da waren Kinder dabei! Und nicht mal vor denen haben sie haltgemacht.«

»Echt?«, was anderes fiel mir nicht ein.

»Ja, echt, du Arsch!«

Ich schämte mich fremd. Im Fremdschämen war ich ganz groß. Und rot wurde ich auch.

»Ähm, das tut mir leid«, sagte ich und war mir vollkommen darüber im Klaren, wie bescheuert das aus ihrer Sicht klingen musste. Aber anstatt mir eine zu scheuern oder mich anzufauchen, sah sie mich lange an und sagte schließlich:

»Du bist echt ein seltsamer Fascho. Irgendwie passt du gar nicht zu denen.«

Dann drehte sie sich um und ging davon.

Wütend trat ich meine Kippe aus und ging zurück in den Club. Hanno stand mit Finn im Flur.

»Sag mal, Hanno, habt ihr sie noch alle?«, schrie ich ihn an. »Wieso fallt ihr einfach über Leute her, die ein Lagerfeuer machen?«

Er musterte mich von Kopf bis Fuß.

»Wie meinen?«

»Du weißt genau, was ich meine!«

Hanno sah Finn fragend an.

»Was ist denn mit dem los? Wovon spricht er?«

Finn lachte und sagte:

»Unser Jannik ist zurzeit ein wenig überfordert.«

Ich zeigte ihm den Finger.

»Jannik wirkt ein wenig überspannt«, sagte Hanno und Finn:

»Das liegt wahrscheinlich an seinem Umgang mit den Kanaken und der Dorf-Antifa.«

»Ja. Seitdem will er ja mit dem ganzen Ideologiescheiß nichts mehr zu tun haben«, stimmte Hanno ein.

Und ehe ich noch richtig nachgedacht hatte, hatte ich mich schon auf ihn geworfen und drosch auf ihn ein, und Hanno war so verblüfft, dass er sich nicht wehrte. Finn hatte alles gehört und es gleich diesem kleinen Pisser weitergetragen. Schließlich zog mich Finn von ihm weg und schüttelte bedauernd den Kopf.

»Jannik-Baby, so langsam wirst du zu einem Problem.«

»Ihr könnt mich mal«, tobte ich. »Das könnt ihr vergessen, dass ich heute noch was an den Rechnern mache! Heute und überhaupt!«

»Tja, Hanno, ich bin untröstlich, aber der Meister hat gesprochen.« Dann drehte er sich zu mir.

»Wir müssen eh los.«

»Wieso müssen wir eh los?«

»Die Demo.«

»Nee, oder? Ich glaub es nicht. Du willst jetzt noch zur Demo?!«

»Na klar. Und du kommst mit.« Er sah mich hart an. Verdammt! So wie Finn gerade guckte, wusste ich, dass es keinen Sinn hatte, noch lange herumzudiskutieren.

Wütend stopfte ich meinen Kram in den Rucksack und stapfte zum Bus. Finn kam nach und schweigend fuhren wir los. Ich blickte hinaus. Wie es aussah, nahm der Comic von Jannik Jarnik so langsam ein bitteres Ende. Jannik Jarnik, die Geisel seiner neuen »Freunde«.

»Du warst dabei, stimmt's?«, fragte ich schließlich.

Finn schwieg.

»Ich weiß, dass du letzte Woche in der *Nationaldemokratie* warst.«

»Mach dich mal locker, Jannik.«

Ich hätte ihm am liebsten ins Lenkrad gegriffen.

»Ich soll mich locker machen? Bist du total bescheuert? Ihr fallt über Leute her, die friedlich am Feuer sitzen, geht auf Kinder los und ich soll mich locker machen? Was hat das zu tun mit einem besseren Deutschland? Das ist der pure Aggroscheiß! Mehr nicht.«

»Ach, Janniklein. Du hast keine Ahnung.«

Und mehr sagte er nicht, sosehr ich ihn auch weiter zu provozieren versuchte, und irgendwann gab ich es auf.

17

Schweigend kamen wir in Berlin an, stellten den Bus irgendwo außerhalb ab und fuhren dann mit der U-Bahn zum Alexanderplatz. Um überhaupt dorthin vorgelassen zu werden, mussten wir uns von der Polizei filzen lassen. Keine Flaschen, keine Waffen, keine Stahlkappen. Ein Beamter kniete vor mir und tastete meine Beine ab, während mich sein Kollege scharf im Auge behielt. Ich sah mich von außen: Jannik Jarnik, der Neuextremist. Dann ließen sie mich passieren.

Auf dem Alex hatten sich mehrere versprengte Grüppchen verteilt und begannen so langsam damit, ihre Transparente zu entrollen. *Im Krieg gegen ein Scheißsystem* las ich, *Nationaler Sozialismus oder Volkstod* und *Feuer und Flamme für eine neue Weltordnung.*

Ein Typ mit *Wir-sind-immer-noch-braun-T-Shirt* und kratzendem Mikro stand auf einer Tribüne und verkündete:

»Wenn du zur Lösung eines Problems nichts beiträgst, wirst du Teil dessen. Aus diesem Grund rufe ich euch auf, volkstreue Kameraden und Kameradinnen, zum nationalen Widerstand!« Und als er sich ein wenig zur Seite drehte, konnte ich auf seinem Rücken lesen: *denn uns wird es langsam zu bunt hier.*

Und dann kamen auch die Leute aus der *Neuen Freiheit,* die meisten in schwarzen Kapuzenpullis. Nele trug ein Shirt *Revolution since 1933* und schleppte sich mit einem Plakat in Pseudofraktur ab, auf dem *Familie! Heimat! Zukunft!* stand. Na, das passte! Finn ließ mich stehen und rannte auf sie zu. Sie umarmten sich und schoben sich die Zungen in die Münder. Und als wäre das nicht genug, sagte Finn auch noch:

»Na, wie geht's denn meiner kleinen Mutti?«

Gut, dass ich heute noch nichts gegessen hatte, sonst hätte ich ihnen und ihrem nationalen Glück vor die Füße gekotzt. Endlich ließ Finn von Nele ab und entrollte sein Plakat, auf das er *Todesstrafe für Kinderschänder! – 0% Rückfallquote* gepinselt hatte. Ich konnte mir die beiden mit ihren Todesstrafenfantasien gerade richtig gut inmitten eines lynchenden Mobs vorstellen.

Als dann Finn seine Jacke auszog und sein *Good night, left side!*-Shirt zum Vorschein kam, begann ich wieder mit der Fremdschämerei.

Ich sah mich auf dem Platz um. Insgesamt waren vielleicht zweihundert Leute gekommen. Der nationale Widerstand war ja mächtig in Schwung.

Ich steckte mir eine Kippe in den Mundwinkel und zog Bilanz und die war extraherb. Jetzt war ich der Fascho für die einen und der Kanakenfreund für die anderen. Ja, Jannik Jarnik wurde zum Problem. Ich war aber auch so was von dämlich. Ich war alle drei Affen in einem. Nix sehen, nix hören, nix sagen. Und warum? Weil ich wollte, dass alles gut wird. Weil ich etwas tun wollte und weil ich glauben wollte, dass man ganz einfach ein neues Leben anfangen kann. Und nun? Nun hockte ich zwischen allen Fronten. Ich fragte mich, wie weit Finn und die anderen gehen würden. Und dann fiel mir diese Anspielung wieder ein, als sie den Müller fertiggemacht hatten. Du hast ja gesehen, was mit Assis passiert. Wen meinten sie damit und was hatten sie unternommen? Micha wusste das bestimmt. Der notierte ja alles, was seiner Meinung nach von rechts kam. Aber den konnte ich jetzt natürlich nicht anrufen.

Auf einmal setzte sich der Demo-Zug in Bewegung. Das lächerliche Grüppchen war von einem Pulk Polizisten umgeben, mindestens sechshundert, sie trugen Schlagstöcke und weiße Helme mit heruntergeklappten Visieren. Und ich stand da in meinem schwarzen Kapuzenpulli ohne Aufschrift, ohne Transparent, ohne Botschaft und sah ihnen nach.

Brit hatte recht. Ich passte nicht zu denen. Und während ich da so ziellos in der Gegend herumstand, kamen auf einmal fünf Polizisten auf mich zu und einer rief:

»Mach dich hinter die Linie!« Die hielten mich wahrscheinlich für jemanden aus dem schwarzen Block.

Ich versuchte, irgendwie zu den Gegendemonstranten zu kommen, und irrte wie ein Vollidiot zwischen der Demo und der Absperrung hin und her.

Auch die Straße war von Polizisten gesäumt und dahinter tummelten sich Tausende von Gegendemonstranten. Plötzlich traf mich etwas am Kopf. Ich taumelte und sah, dass einer der Polizisten mit einem Schlagstock auf einen der Demonstranten losging, und auf einmal kam Bewegung in die Massen. Ich sah nur noch Hände und Beine, und die Demonstranten gingen auf die Polizisten los und die Polizisten auf die Demonstranten und irgendwer brüllte mir »Du Nazischwein« ins Ohr und dann hatte ich eine Faust im Gesicht und im Affekt schlug ich zurück und vor mir ging ein Typ zu Boden.

Aber eigentlich wollte ich nur weg, doch das ging nicht, weil sich nun ein ganzer Tross vermummter Gestalten auf mich stürzte, und das hatte ich nun davon. Ich hatte ja gleich gewusst, dass diese Demo eine scheiß Idee war, und nun war ich der Feind von Tausenden von Menschen, die ich nicht einmal kannte. Ich ging in die Knie und sah nur noch Schuhe und spürte den Schmerz, und mir war klar, dass es das nun war. Goodbye, Jannik. Und ehe ich das Bewusstsein verlor, war ich irgendwie dankbar, dass nun alles ein Ende hatte und dass ich nicht mehr dazugehörte.

Als ich die Augen aufschlug, stach mir ein weißer Schriftzug *Good night, white pride!* ins Auge, der zu einem riesigen Typen mit gigantischem pinkfarbenem Iro gehörte, und ich spürte einen stechenden Schmerz in der Brustgegend und klappte die Lider wieder zu, denn es war nicht vorbei, aber es würde genauso lange weitergehen, bis Jannik Jarnik, der Neuextremist, keinen mehr mit seiner jämmerlichen Existenz behelligen würde. Aber anstatt die Reste meines kläglichen Ichs zu Brei zu verarbeiten, tätschelte mir der Punk die Wange und meinte: »Hey, schön hierjeblieben.«

Einigermaßen skeptisch blinzelte ich aus einem Auge hervor und versuchte mich aufzurichten und japste nach Luft. Ich hatte keine Ahnung, wie lange ich hier herumgelegen hatte, aber die Gegendemonstration hatte sich offensichtlich aufgelöst und es war auch kaum noch Polizei unterwegs.

Der Punk schleifte mich zu einem Baum, an den er mich lehnte, und ich musste mächtig die Zähne zusammenbeißen, weil ich dachte, dass ich gleich krepieren würde, weil ich bei jedem Atemzug das Gefühl hatte, als würde mir jemand mit seinem Stiefel den Brustkorb zermalmen.

»So jefällste mir schon besser«, grinste der Typ und zündete den Joint wieder an, der ihm offenbar bei seiner Jannik-Jarnik-Rettungsaktion ausgegangen war und noch immer in seinem Mundwinkel klebte.

Als er wieder brannte, nahm er einen tiefen Zug und sagte: »Alter, dit is ’ne astreine Rippenprellung, aber jebrochen is nüscht. Ick hab dir mal abjetastet, alsde das Dornröschen jemacht hast.«

Und als er meinen erstaunten Blick auffing, fügte er hinzu: »War mal Zivi bei den Sanis.« Er wollte mir den Joint reichen, aber ich schüttelte nur matt den Kopf. Ich war froh, dass es mir überhaupt gelang, Sauerstoff in meine Lunge zu befördern.

»Bist wohl dit erste Mal auf ’ner Demo, wa?«, quatschte er weiter.

Ich nickte.

»Dit muss man sich mal uff der Zunge zajehen lassen. Steht der Jungnazi zwischen die Fronten und lässt sich von allen Seiten vadreschen. Dit gloobt mir keener.« Er lachte. »Hier, ehe du dir dit nächste Mal in Jefahr bejibst, rufste vorher an«, sagte er und reichte mir einen Zettel, den ich, mechanisch und ohne ihn näher anzusehen, in die Hosentasche schob.

»Hey, danke«, brachte ich hervor, doch er winkte ab.

»Wie heißte denn?«

»Jannik. Und du?«

»Kannst nich lesen, wa? Ick bin Ojo«, meinte er und zwinkerte. Ich wurde rot, weil ich mich dabei ertappt fühlte, den Zettel nicht gelesen zu haben.

Doch in diesem Augenblick bogen Nele und Finn um die Ecke, und als sie mich so in Obhut des Punks unter dem Baum sahen, blieben sie stehen und warfen uns einen argwöhnischen Blick zu. Langsam kamen sie näher.

Ojo erhob sich, und jetzt erst sah ich, was der Typ für ein Hüne war. Finn, der einen halben Kopf größer war als ich, sah neben ihm ziemlich mickrig aus. Finn musterte ihn von Iro bis Fuß.

»Sag mal, bist du bescheuert, oder was? Wieso warst du denn nicht auf der Demo?«, fauchte Nele.

»Und wie siehst du eigentlich aus?« Finn kniff die Augen zusammen.

Und dann standen sie sich gegenüber, *Good night, white pride!* und *Good night, left side!* Der Punk ließ seinen Blick an Finn auf- und abgleiten, und als er die Schrift auf seinem Shirt gelesen hatte, brach er in ein schallendes Gelächter aus.

»Ick werd nich mehr. Ihr Faschos übernehmt aber ooch allet von die left side.«

Ich sah genau, wie wütend Finn war. Um seine Mundwinkel zuckte es und in seinen kalten blauen Augen glomm der pure Hass. Aber er hielt sich gegenüber dem Riesen zurück.

Ojo beugte sich zu mir herunter:

»Ick muss sajen, du hast echt kaputte Freunde, Jannik. Aber mal wat janz anderet: Einmal aus der Kampfzone ziehn, dit hat früher 'ne Schachtel Bier jekostet.«

Dann machte er eine ausladende kreisende Bewegung

mit der Hand, wie sie früher bei Hofe üblich war, und erhob sie zur Arbeiterfaust. Ich musste mir auf die Zunge beißen, um nicht laut aufzulachen.

»Meld dich, Jannik. Du schuldest ma een Bier, aber koof een jutes. Der Monat is gleich rum.«

Damit erhob er sich noch immer lachend und ließ aus seiner Faust den Mittelfinger schnellen, den er in Richtung Finn und Nele hielt. Dann zog er noch mal am Joint.

»Good night, white pride!«

Finn blickte ihm finster hinterher und Nele starrte mich hasserfüllt an.

Ich versuchte mich aufzurappeln. Da war er wieder, dieser stechende Schmerz. Finn zog mich unsanft hoch und ich japste nach Luft. Er klemmte mich unter den Arm und nach gefühlten zehn Stunden kamen wir bei seinem Bus an. Ich hatte gehofft, dass Nele mit den anderen aus der *Neuen Freiheit* im gecharterten Bus fahren würde, aber sie wich Finn nicht von der Seite.

Die beiden bugsierten mich auf die Rückbank und dann fuhren wir los. Zunächst herrschte eisiges Schweigen, aber dann fing Nele an zu sticheln.

»Mann, du Penner, warum warst du nicht auf der Demo?«

Ich sah aus dem Fester und ignorierte sie.

»Das hast du doch absichtlich gemacht! Du wolltest gar nicht mit.«

Ich konnte es gar nicht mehr glauben, dass wir noch vor ein paar Tagen ein Paar gewesen waren.

»Du bist so ein scheiß Verräter!« Ihre Stimme wurde immer schriller. »Ich hasse dich!« Sie schlug auf die Abdeckung der Armaturen.

Ich fragte mich, wer da mehr Grund hatte, wen zu hassen. Die Zicke hatte mich ja nach Strich und Faden verarscht und den Braten hatte sie sich ja ganz offensichtlich schon lange vor unserer Trennung von Finn in die Röhre schieben lassen.

Finn drehte sich zu ihr und zischte sie an:

»Jetzt reiß dich mal zusammen!«

Und nach einer Weile fügte er hinzu:

»Jetzt, wo Kamerad Jannik so schwer verwundet ist …« Sie sahen sich an und brachen auf einmal in hysterisches Gelächter aus.

Mann, was waren die witzig. Am liebsten hätte ich ein wenig gedöst, aber ich traute den beiden nicht. Wer weiß, was die mit mir anstellten, wenn ich jetzt ein Nickerchen machte.

Und dann musste ich doch eingeschlafen sein, denn plötzlich war es dunkel und wir fuhren durch unsere Schnarchkaffhauptstraße. Finn sagte:

»Ich bring dich schnell nach Hause, Jannik!«

Nele protestierte.

»Das ist doch voll der Umweg. Der Penner kann doch allein nach Hause gehen.«

»Jetzt reg dich mal wieder ab! So verbeult, wie der ist, bricht der uns noch irgendwo zusammen und dann nützt er uns auch nichts mehr.«

Beleidigt blickte Nele aus dem Fenster und sagte nichts mehr und ich wunderte mich über Finns Besorgnis. Ich sah auf mein Handy. Kaum zu glauben, es war gerade mal sieben. Wir erreichten unsere Auffahrt. Das Grundstück lag im Dunkel, aber ich sah im Scheinwerferlicht ein schief geparktes dunkles Auto vor der Einfahrt stehen. Was sollte das denn? Das war doch kein öffentlicher Parkplatz!

»Oh, oh, Janniklein, das sieht nicht gut aus«, sagte Finn. »Ich fürchte, du musst dich jetzt wohl doch noch mal für einen Augenblick hochrappeln.«

Er hielt, half mir aus dem Bus und raunte mir ins Ohr:

»So von Freund zu Freund, Jannik – du solltest ein wenig besser auf dich aufpassen.« Ich antwortete nicht und schlug die Tür mit aller Wucht zu. Was da so freundlich daherkam, war nichts als eine scheiß Drohung.

Ich humpelte in den Garten. Ich hatte erwartet, dass die beiden jetzt einfach weiterfahren würden, aber Nele und Finn folgten mir in einigem Abstand.

Von der Terrasse her erklang ein meckerndes Lachen. Diese bescheuerte Lache kannte ich doch! Was sollte das werden? Ich gab heute keine Audienzen mehr.

»Was ist?« Ärgerlich drehte ich mich zu Finn und Nele um. »Nele, eben wolltest du doch noch auf dem schnellsten Weg nach Hause, den nächsten Helden zeugen?!«

»Du Arsch!«, kreischte Nele und wollte sich auf mich stürzen, aber Finn packte sie am Kragen und hielt sie zurück.

»Ich dachte, du gibst uns vielleicht noch einen Kaffee aus, damit wir wach und sicher nach Hause kommen? Gastfreundschaft hast du ja sicherlich von deinen Kanakenfreunden gelernt?«, sagte er zu mir.

Ich bog um die Hausecke Richtung Terrasse ein, und plötzlich ging der Bewegungsmelder an und bestrahlte Schenk und Kevin, die an unserem Tisch saßen. Schenk hatte eine Flasche Wodka vor sich stehen und vor Kevin lag ein Autoschlüssel. Der hatte doch gar kein Auto?! Und dann wurde mir klar, Schenk, dieses Aas, ließ sich zulaufen und der Schmierlappen musste ihn chauffieren. Ich blieb stehen und starrte auf diese abstruse Szenerie. Mein Herz schlug schneller. Vor Wut. Aber auch weil mir mulmig war. War das ein Tribunal, oder was?

»Bist ja ganz schön übel zugerichtet«, brach Schenk schließlich das Schweigen. Ich zuckte mit den Schultern und fing Kevins schadenfrohes Grinsen auf. Den würde ich mir bei Gelegenheit noch mal vorknöpfen.

»Na, nun setz dich schon«, sagte Schenk, weil ich immer noch unschlüssig in der Gegend herumstand.

»Ich setze mich, wann ich will. Mit Verlaub, ich wohne hier. Was machen Sie hier?«

Schenk überging meinen Einwurf.

»Jannik, ich will ehrlich mit dir sein. Es sind – wie soll ich sagen – *gewisse* Zweifel an deiner Loyalität unserer kleinen Vereinigung gegenüber aufgetreten«, riss er wieder das Wort an sich.

»An meiner was?«, fragte ich.

»Lo-ya-li-tät«, wiederholte er. »Das bedeutet …«

»Ich kenne die Definition von ›Loyalität‹«, platzte ich heraus.

»Gut, Jannik. Sehr gut.« Schenk nahm einen weiteren Schluck aus der Pulle. »Aber dann klärst du uns vielleicht mal auf, was du zurzeit ständig mit den Kanaken zu schaffen hast und vor allem was zur Hölle du mit dem Olschewski in Berlin zu reden hattest?«

Ich hatte keine Ahnung, wovon er faselte.

»Wen soll ich kennen?«, sagte ich und verschränkte die Arme und kam mir vor wie bei der Inquisition.

»Olschewski, Jannik. Thomas Olschewski. Der Herr mit den rosa Haaren«, mischte sich Kevin ein.

»Ja und, *Kevin*? Was geht dich das an, mit wem ich rede?«

»So einfach ist das nicht, Jannik«, sagte Schenk mit schneidender Stimme. »Olschewski ist nicht irgendwer, sondern zufällig der Staranwalt der Zeckenfraktion, mit dem wir – nun, gelinde gesagt – schon einigen Ärger hatten. Der kennt einige von uns und hat ein Auge auf unsere Aktivitäten geworfen. Der ist nicht ohne, da müssen wir vorsichtig sein. Eigentlich ein guter Mann, aber eben auf der falschen Seite. Von daher geht es uns sehr wohl etwas an, mit wem du Umgang hast. Und es macht sich nun einmal nicht so gut, wenn unser neuer Hoffnungsträger ausgerechnet mit diesem Subjekt jointrauchend unter einem Baum sitzend angetroffen wird, anstatt für seine Gesinnung auf die Straße zu gehen.« Er setzte die Flasche noch einmal an. »Außerdem behauptest du gegenüber Dritten, dir sei der Ideologiescheiß egal und dass es Arschlöcher bei uns gebe.«

Ich fing Kevins hämisches Grinsen auf und ballte die Faust, dass die Knöchel weiß hervortraten. Finn hatte ja echte Denunziantenqualitäten. Dieser Wichser hatte Schenk alles haarklein berichtet. Was bildeten die sich eigentlich ein? War ich ihr Leibeigener, oder was?

»Jannik, ein guter Nationalist hat folgende Eigenschaften: Er ist beständig, verlässlich, gewissenhaft, diszipliniert, gemeinschaftlich, verschwiegen und selbstlos. Aber nach deinem Auftritt scheint es, als könntest du keines dieser Attribute vorweisen.«

Ich hätte Schenk ins Gesicht springen können.

»Und da wir dir einen nicht unerheblichen Vorschuss für deine Arbeit überwiesen haben, der, wie ich gehört habe, auch schon zu einem guten Teil ausgegeben ist, erwarten wir nun so langsam eine gewisse Gegenleistung von dir. Vor allem, Jannik, Lo-ya-li-tät.« Mittlerweile hatte Schenk einen leichten Zungenschlag. »Es sei denn, du ziehst es vor, unserem illustren Kreis nicht mehr anzugehören, dies würde, wie soll ich sagen, allerdings einige Schwierigkeiten für dich mit sich bringen.«

Vor lauter Wut hatte ich mir so fest auf die Lippen gebissen, dass sich der Geschmack von Blut in meinem Mund verbreitete.

»Also, Jannik. Was ist? Bleibst du ein Kamerad?« Er nahm noch einen Schluck Wodka und wischte sich dann mit der Hand über den Mund. »Oder willst du um Aufnahme in die Antifa winseln?«, Schenk lachte dröhnend und Kevin, Nele und Finn fielen mit ein.

Ich schluckte meinen blutigen Speichel herunter und dann brach es aus mir heraus:

»Ihr könnt euren Scheiß allein machen. Es geht euch doch gar nicht darum, wirklich irgendwas zu verändern. Die Clubs und die Freizeiten und die Familienbetreuung und all das, das ist doch nur vordergründige Tarnung, das Netz, das ihr gespannt habt, damit sich darin neue Anhänger verfangen, aber in Wirklichkeit sind euch die Menschen doch scheißegal. In Wirklichkeit geht es euch doch nur um Macht. Ich scheiß auf euren Aggroscheiß!« Ich holte kurz Luft. »Und jetzt verpisst euch von unserem Grundstück, sonst hole ich die Bullen!«

Schenk standen vor Lachen Tränen in den Augen.

»Jannik, Jannik, Jannik …« Er schüttelte den Kopf. »Welch ein Ausbruch! Ich habe immer gewusst, dass du ein leidenschaftlicher junger Mann bist.« Er wirkte auf einmal wieder beängstigend nüchtern. »Es gibt da nur ein kleines Problem. Genauer gesagt gibt es drei Probleme. Erstens: Du schuldest uns Geld. Viel Geld. Zweitens: Du weißt zu viel. Und drittens: Niemand steigt bei uns einfach so aus. Wir sind hier überall. Auch da, wo du uns nicht vermutest.« In seinen Augen lag ein gefährliches Glitzern. Eine Pause von gefühlten tausend Jahren entstand.

Ich schluckte. Jannik Jarnik hatte eben der Szene den Krieg erklärt und jetzt würden sie sich gleich zu viert wie die Hyänen auf mich stürzen, und ich mit meiner Rippenprellung würde ganz schön alt aussehen. Ich fummelte in der Hosentasche nach meinem Taschenmesser, obwohl ich wusste, wie lächerlich das war. Das war's dann wohl. Das Unhappy End des Comics von Jannik Jarnik.

Doch anstatt sich auf mich zu werfen, erhob sich Schenk und wirkte auf einmal wieder hackedicht. Schwankend griff er nach der Wodkapulle und stieß sie Kevin leicht in den Rücken.

»Los, Pomadenboy, fahr mich nach Hause. Wir sind hier nicht mehr erwünscht«, lallte er. Diensteifrig sprang Kevin auf und schnappte sich den Schlüssel. Er wollte Schenk stützen, der ihn jedoch abschüttelte wie eine Fliege und alleine weiterstolperte.

»Na dann, viel Glück, mein Freund!«, sagte Finn und hieb mir auf die Schulter. Dann hakte er sich bei Nele unter. Als sie beim Gartentor angekommen waren, drehte sich Nele noch einmal um und plärrte: »Viel Spaß mit Aynur!«

18

Ich konnte mein Glück kaum fassen. Ich hatte ihnen die Meinung gesagt, war ausgestiegen, und sie, anstatt mir die

Fresse zu polieren oder Schlimmeres, waren einfach gegangen. Und als ich ins Haus humpelte, um zu duschen, fühlte ich Glück. Goldbepudertes rosa Riesenglück.

Als ich mit einem Handtuch um die Hüften aus der Dusche kletterte, war ich prächtigster Laune, pfiff »Twisted nerves« vor mich hin, meine Schmerzen waren auf ein erträgliches Maß geschrumpft und insgesamt fühlte ich mich wie ein neuer Mensch.

Aber ehe ich mich schlafen legte, tigerte ich doch noch mal durch das Haus und kontrollierte, ob ich alle Fenster und Türen geschlossen hatte. Nur für den Fall, dass sie es sich noch anders überlegten. Doch als ich nichts Verdächtiges fand, legte ich mich ins Bett, obwohl es noch nicht einmal neun war, und freute mich auf den Schlaf. Aber der ließ mächtig auf sich warten.

Auf einmal schossen mir die ganzen Eindrücke des Tages wieder durch den Kopf. Brit mit dem blauen Auge, Ojo, die Bespitzelung durch Finn, Nele, die Demo, Schenks Auftauchen im Garten. Und außerdem hatte ich das Gefühl, dass ich irgendwas vergessen hatte oder dass irgendwas nicht stimmte.

Und dann fiel es mir ein: Jannik Jarnik hatte seinen Hund vergessen. Und wie es aussah, hatte der Hund auch Jannik Jarnik vergessen! Das war ja eigenartig. Wieso hatte mich der Hund nicht begrüßt? Besorgt schwang ich mich wieder aus dem Bett und begab mich in meinem Lendenschurz auf die Suche. Ich pfiff und rief, suchte auf dem Dachboden, der Galerie, der Treppe, dem oberen Stockwerk, dem unteren, aber keine Spur von Taxi! Na so was, dachte ich. Wenn der Hund nicht da war, dann konnte er nur heute Morgen, als ich völlig verpennt das Haus verlassen hatte, mit aus der Tür geschlüpft sein.

Ach, Hund, tu mir das jetzt bitte nicht an, dachte ich. Wer weiß, wo sich der Kerl jetzt gerade herumtrieb. Hoffentlich nicht im Wald. Die Förster schossen doch nur zu gerne auf Streuner. Ich seufzte und stieg wieder in meine Klamotten.

Zuerst suchte ich auf der Terrasse und im Garten. Vielleicht war er ja von seinem Ausflug zurückgekehrt und kam jetzt nur nicht rein? Aber nein, auch hier nicht das kleinste Taxihärchen aufzutreiben. Wieder pfiff ich und rief. Keine Reaktion. Ich klingelte bei den drei Nachbarn, die wir hatten, und deren Häuser weit über den Hang verstreut lagen. Aber auch die hatten Taxi heute noch nicht gesehen. Ich hatte nicht die leiseste Ahnung, wo ich mit der Suche weitermachen sollte. Ein Stück lief ich in den Wald hinein, immer wieder rufend und pfeifend. Nichts. Und schließlich holte ich mein Rad und strampelte ins Städtchen hinunter. Eigentlich war es Blödsinn, aber wer weiß, vielleicht wusste ja dort irgendwer etwas über den Hund.

Ich kam am *Hirschen* vorbei, aus dem Gelächter und Gegröle drang. Und während ich noch dachte, dass ich dort heute lieber nicht auftauchen sollte, wäre ich fast in Huerdler, der plötzlich aus dem Schatten trat, hineingefahren. Mist!

»Jannik! Du hast es wohl sehr eilig, zu deinen Kanakenfreunden zu kommen. So eilig, dass du aufrechte Deutsche über den Haufen fährst, was?«, sagte er. Ich starrte ihn perplex an. Beeindruckend, wie schnell sich hier Gerüchte verbreiteten. Ich hatte keine Lust, irgendwas zu sagen, und wollte eben wieder in die Pedale steigen, als er nach meinem Lenker griff. Ich hätte es mir ja denken können.

»Heute ganz ohne Töle? Wie ist das denn so? So ganz allein?«, fragte er und sah mich seltsam an. In seinen Augen lag ein feindseliges Glitzern, und ich rechnete damit, dass er mir gleich ins Gesicht schlagen würde, aber er gab mir nur einen leichten Stoß. »Dass du so ein Verräter bist«, sagte er, spuckte aus und ging zurück in seine Schankstube.

Das war ja gerade noch mal gut gegangen. Ich fuhr weiter und auf einmal sah ich die Pinguinfrau aus dem *Altstadtcafé*, die mit ihrem Pinscher Gassi ging. Na ja, sie gehörte zur Schenk-Corona, aber vielleicht konnte ich die ja mal von Hundehalter zu Hundehalter fragen.

»Hallo«, sagte ich. »Sie haben nicht zufällig einen Irish Setter gesehen?«

Sie sah mich kopfschüttelnd an, sagte »Und selbst wenn, würde ich es dir Überläufer nicht erzählen« und ließ mich stehen.

Mist! Mist! Mist! Hier in der Stadt zu suchen hatte überhaupt keinen Sinn. Ich kehrte um und hoffte, dass der Hund inzwischen vor dem Haus stand und winselte.

Aber als ich dort ankam, lag der Garten noch genauso

verwaist, wie ich ihn verlassen hatte. Wenn Taxi nur gestreunt hätte, dann hätte er schon längst zurück sein müssen. Dem musste doch inzwischen der Magen an den Knien hängen. Von Minute zu Minute fühlte ich mich elender und von Minute zu Minute wuchs meine Überzeugung, dass dem Tier irgendwas passiert war. Wenn der Hund nun doch im Garten gewesen war und Schenk ihn einfach mitgenommen hatte? Vielleicht hatte er ihn auch vergiftet? Oder Nele? Diese Schweine!

Schließlich hielt ich es nicht mehr aus und ich rief bei der Polizei an.

»Hallo. Hier spricht Jannik Jarnik. Könnten Sie eventuell mal jemanden vorbeischicken? Mein Hund ist weg.«

Eine weibliche Stimme sagte: »Das tut mir leid, aber wir sind völlig überlastet. Heute ist Samstagabend und hier ist die Hölle los. Besoffene und Schlägereien. Da können wir uns wirklich nicht um einen entlaufenen Hund kümmern.«

»Ja, aber der ist nicht entlaufen. Der ist ganz sicher entführt worden.«

Die Polizistin lachte laut auf. »Entführt? Wer entführt denn einen Hund?«

»Das ist eine komplizierte Geschichte«, fing ich an, aber die Polizistin schnitt mir nett, aber bestimmt das Wort ab.

»Jannik. Es tut mir wirklich leid, aber wir haben zu wenig Personal. Weißt du was, wenn dein Hund morgen noch nicht zurück ist, dann kommst du auf das Revier. Sonntags ist eher mal Zeit, um einen entlaufenen Hund zu suchen. Sorry, aber da ist ein Anruf auf der anderen Leitung.«

Es klickte und dann war die Leitung unterbrochen. Entlaufen! Hörte mir denn keiner zu?

Ich ging in die Küche, kochte Kaffee und drehte mir eine. Sah aus, als würde das eine ganz schön lange Nacht werden. Während ich dem Rauch nachsah, der sich zur Decke kräuselte, dachte ich nach. Eigentlich war es höchst unwahrscheinlich, dass der Hund bei meinem Aufbruch verschwunden war. Erstens war Taxi so groß, dass es mir hätte auffallen müssen, wenn er mit durch die Türe geschlüpft wäre, und zweitens würde Taxi nicht einfach weglaufen, und wenn, dann hätte er ja längst nach Hause zurückfinden müssen. Also gab es nur zwei Möglichkeiten. Entweder der Hund war noch irgendwo im Haus oder … Als mir die Asche auf den Schoß fiel, merkte ich, dass ich zitterte. Ich legte die Kippe auf den Aschenbecher und betrachtete meine Handinnenflächen, die leicht glänzten und schrecklich kalt waren. Scheiße! Der Held aus Jannik Jarniks Unhappy-End-Comic hatte Angst. Er hatte eine verdammte scheiß Angst.

Aber dass jemand hier drinnen war, während ich in der *Nationaldemokratie* und auf der Demo gewesen war, das war doch Quatsch, oder? Ich meine, wer sollte denn …? Gut, *wer* war vielleicht nicht die richtige Frage, sondern *wie*? Es war doch alles zu gewesen, als ich nach Hause gekommen war.

Trotzdem stand ich auf und machte noch einmal einen Rundgang durch das Haus. Wieder suchte ich auf dem Dachboden, der Galerie, der Treppe, dem oberen Stockwerk, dem unteren, und dann fiel mir auf, dass ich bei meiner ersten Suchaktion den Keller ausgelassen hatte. Irgendwie hatte ich ein ganz, ganz mieses Gefühl, als ich die Klinke der Kellertür herunterdrückte. Ein extramieses Karma hing im Raum, und ich musste mich ernstlich überwinden, meinen Fuß auf die Kellertreppe zu setzen. Ich drückte auf den Lichtschalter, aber es blieb dunkel. Dann tat es einen lauten Schlag, und ich zuckte zusammen, aber es war nur die schwere Brandschutztür gewesen, die hinter mir ins Schloss gefallen war. Wer hätte gedacht, dass der Comic so langsam in einen Thriller ausarten würde? Mein Herz pochte laut gegen den Brustkasten, viel lauter, als es sollte. Der ganze Raum schien zu pochen und in meinen Ohren rauschte es beunruhigend. Mit zitternden Fingern riss ich die schwere Eisentür auf, schlüpfte schnell hinaus und war heilfroh, dass auf dem Flur noch das Licht brannte. Ich rannte hoch in die Küche, suchte hektisch nach der Taschenlampe, und als ich sie gefunden hatte, schlich ich mich zurück in den Keller. Der Strahl meiner Taschenlampe huschte von Ecke zu Ecke.

»Taxi?«, flüsterte ich. »Taxi!« Diesmal rief ich und irgendwie beruhigte mich der Klang meiner Stimme. Jetzt wusste ich, warum manche Leute Selbstgespräche führten.

Aber kein Taxi. Nirgends.

Dann leuchtete ich an die Decke, und da sah ich, dass statt der nackten Glühbirne, die sonst dort hing, nur noch eine Fassung mit einem ausgefransten Scherbenrand war.

Der Rest knirschte gerade unangenehm unter meinen Füßen. War die zerplatzt? Oder hatte die jemand eingeworfen, um sich hier zu verstecken? Die Kühltruhe war groß genug, einen halbwegs erwachsenen Menschen zu verbergen …

Die Kühltruhe! Ich hielt den Atem an und leuchtete in die Richtung, wo ich sie vermutete. Der Schein der Lampe streifte zitternd den weißen Kasten, auf dem irgendwas Rotes war. Mir stockte fast der Atem. Schritt für Schritt trat ich näher, irgendwas schepperte und ich stolperte. Ich zuckte zusammen und leuchtete den Boden ab. Eine rote Spraydose ohne Deckel rollte über die Fliesen. Ich kickte sie zur Seite und richtete den Strahl der Lampe auf die Kühltruhe.

»WAU – WAU«, stand da in großen ungelenken Buchstaben. Es klirrte. Die Taschenlampe war mir aus der Hand gefallen. Wie waren die ins Haus gekommen, ohne auch nur irgendeine Einbruchsspur hinterlassen zu haben? Ich bückte mich und griff nach der Lampe, aber meine Hände zitterten so, dass ich sie mehrmals verfehlte. Jetzt reiß dich zusammen, du komischer Antiheld, befahl ich mir, aber mir war und blieb ganz anders, und es dauerte eine halbe Ewigkeit, bis ich mich überwinden konnte, den Deckel der Kühltruhe anzuheben. Wer weiß, was da jetzt auf mich wartete?

Schließlich schloss ich die Augen, öffnete die Truhe und ging einen Schritt zurück. Erst dann klappte ich meine Lider wieder auf. Zum Glück lag da kein toter Hund drin und das fand ich ungemein erleichternd.

Aber meine Freude hielt sich in Grenzen, denn dass Taxi

nicht hier war, bedeutete noch lange nicht, dass es ihm gut ging. Außerdem hatten die es ja geschafft, spurlos ins Haus einzudringen. Und wenn sie das einmal geschafft hatten, dann könnten sie das immer wieder tun und dann sah ich ganz schön alt aus. Und plötzlich kam mir noch ein viel beunruhigenderer Gedanke: Vielleicht war irgendwer noch immer im Haus? Die Bude war so groß, dass sich darin locker zwei Leute bewegen konnten, ohne sich zwangsläufig zu begegnen.

Ich zog die Axt aus der Ecke und verließ den Keller. Unschlüssig stand ich im Flur. Aber hier unten war das Karma noch immer wirklich mies, sodass ich mich schließlich ins mittlere Geschoss verkrümelte.

In meinem Hirn arbeitete es. Sollte ich noch mal bei der Polizei anrufen? Aber die hatten ja keine Zeit. Und wie sollte ich denen verklickern, dass meine »Freunde« sich Zugang zu meinem Elternhaus verschafft hatten, ohne dass es auch nur die geringsten Spuren eines Einbruchs gab? Nein. Wenn ich da mit einer solch kruden Geschichte auftauchen würde, würde ich vielleicht noch in der Klapse landen. Psychiatrie war keine Lösung.

Und meine Eltern zu verständigen war auch sinnlos. Ihr Flug ging morgen Abend zurück und so kurzfristig konnten die ohnehin nicht umbuchen, und aus der Ferne konnten sie mir auch nicht helfen …

Ich saß am Küchentisch, die Axt an mein rechtes Bein gelehnt, jederzeit griffbereit, lauschte und war die pure Anspannung. Ich kam mir vor wie der letzte Ritter auf einer belagerten Burg. Ohne Aussicht darauf, die Festung irgendwie noch halten zu können. Und obwohl ich mich nicht bewegte, knackte ständig irgendwo irgendwas oder es raschelte oder schabte oder knisterte oder summte. Und es schien, als würden auf einmal Heerscharen winziger Präsenzen wahrgenommen werden wollen, als wollten sie ein Zeichen setzen, dass auch sie hier in diesem großen Haus lebten und ein Recht darauf hatten. Weil sonst alles still war, kam es mir vor wie ein gigantisches Getöse, und weil ich es nicht mehr hören wollte, drehte ich schließlich das Radio auf volle Lautstärke. Zunächst beruhigte mich die sonore Stimme des Sprechers, aber dann fiel mir auf, wie bescheuert das war. Bei dem Lärm konnte sich jeder ungehört anschleichen. Genauso gut hätte ich mir auch die Ohren zuhalten können. Also machte ich das Radio wieder aus. Und dann rauschte und pochte es auch noch, und dieses Rauschen und Pochen waren die ängstlichen Organe von Jannik Jarnik, die sich einen solchen Stress verbaten und auf die gerade keiner Rücksicht nahm.

Schließlich hielt ich es nicht mehr aus. Ich musste mit irgendwem reden, aber mir fiel niemand ein. Ich konnte mir wirklich gratulieren. Der Antiheld meines Comics hatte es tatsächlich geschafft, sich in nur einem knappen Dreivierteljahr erfolgreich aus allen menschlichen Beziehungen herauszukatapultieren.

Und dann fiel mir das Telefonat mit Fatih ein. Der hatte mir doch eine unübersehbare Brücke gebaut, und wenn ich über die jetzt nicht rübergehen würde, wäre ich ziemlich bescheuert. Ich wählte die Festnetznummer von Aynurs Eltern.

Es dauerte eine halbe Ewigkeit, bis endlich jemand abnahm.

»Yilmaz«, meldete sich Aynur.

Ich war so froh, ihre Stimme zu hören, und gleichzeitig war ich auch ein wenig enttäuscht, weil ich eigentlich mit Fatih gerechnet hatte, und all das brachte mich fürchterlich aus dem Konzept.

»Hallo. Ich bin's, Jannik.«

Eine Pause entstand.

»Du?«, fragte sie und ihre Stimme klang äußerst ungläubig. Und das war wohl auch kein Wunder nach dem eigenartigen Telefonat, das wir heute Vormittag geführt hatten.

»Ähm, ja. Weißt du, das Gespräch heute muss dir ja höchst seltsam vorgekommen sein«, fing ich an.

Sie schwieg, und ich wusste auch nicht so recht, was ich sagen sollte. Schließlich sagte sie:

»Ja. Das war es wohl.« Sie klang jetzt ziemlich reserviert und dann fügte sie hinzu: »Aber weißt du, was ich noch viel seltsamer fand?«

»Nee. Was denn?«

»Den Brief.«

Ich hatte keine Ahnung, wovon sie sprach.

»Was denn für ein Brief?«

»Wieso hast du mir den Stein in den Briefkasten geworfen und *Kanakenschlampe* darauf geschrieben? Ich meine, erst dieses komische Telefonat und dann das. Was willst du eigentlich von mir?«

Nele, dieses Biest!

»Aynur, ich weiß, dass sich das jetzt wie eine billige Ausrede anhört, aber ich war das nicht!«

»Ach, Jannik! Wer soll es denn sonst gewesen sein? Was ist nur mit dir los?«

»Hör zu, das klingt jetzt alles ganz ungeheuerlich und unglaublich, und ich würde mir so eine Geschichte auch nicht glauben, aber ich schwöre, dass es die Wahrheit ist«, redete ich drauflos. »Nele, diese blöde F..., hat mir den Stein geklaut, und mit dem Brief wollte sie mir noch mal richtig eins auswischen, weil …«

Ich kam ins Stocken und wusste nicht, wie ich es erklären sollte.

»Weil?«, fragte Aynur.

Los, sag es jetzt, befahl ich mir. Mach einmal was richtig.

»Weil … Na ja, sie hat halt gemerkt, dass ich dich sehr gernhabe. Und das passt ihr nicht.«

Wieder entstand eine lange Pause. Bestimmt würde sie gleich auflegen. Was hatte ich denn erwartet?

»So, so«, sagte Aynur und auf einmal klang ihre Stimme gar nicht mehr reserviert.

»Aynur …« Und dann brach alles aus mir heraus, und für einen kurzen Moment vergaß ich die seltsamen Geräusche im Haus und warum die Axt noch immer an meinem Schienbein lehnte, und ich erzählte ihr alles. Wirklich alles.

»Und deswegen wollte ich eigentlich fragen, ob Fatih und Erkan da sind«, schloss ich.

»Nee, du. Die sind noch auf einem Konzert, und ich glaube auch nicht, dass sie jetzt ans Handy gehen. Aber weißt du was? Ich komm vorbei.«

»Auf keinen Fall, Aynur! Ich meine, das ist total lieb, aber das ist jetzt viel zu gefährlich.«

»Bis gleich«, sagte sie und dann hatte sie aufgelegt.

Ich hätte mir den Schädel an der Wand einschlagen können. Jetzt zog ich auch noch Aynur in dieses ganze Schlamassel mit hinein.

Eine Viertelstunde später hörte ich das Geräusch eines vorfahrenden Autos. Ich griff nach der Axt, verbarg mich hinter einem Vorhang und linste aus dem Fenster. Ein Taxi hatte angehalten, die Wagentür öffnete sich, eine schlanke, dunkle Gestalt stieg aus und lief in Richtung Haus. Mein Herz schlug mir bis zum Hals. Als das Taxi wendete, streifte das Licht der Scheinwerfer kurz die Gestalt, und da erst sah ich, dass es Aynur war.

Ich rannte nach unten und riss die Tür auf.

»Schnell, komm rein!«, rief ich und zog sie nach drinnen. Ich warf die Tür ins Schloss und drehte den Schlüssel um.

Und dann lagen wir uns in den Armen. Mann, tat das gut. Kaum zu glauben, dass sie mir Schwachmaten verzieh. Ich hätte sie noch drei Ewigkeiten so halten können, aber plötzlich klingelte das Telefon und wir zuckten beide zusammen.

Zögernd ging ich zur Ladestation und starrte das Telefon an wie ein Kaninchen die Schlange. Eine Nummer, die ich nicht kannte, wurde auf dem Display angezeigt. Schließlich riss ich mich zusammen und hob ab.

»Jarnik.«

»Du glaubst doch nicht ernsthaft, dass dir die kleine Kanakenschlampe helfen kann?«, fragte eine Stimme, die durch irgendwas verfremdet worden war.

Erschrocken drückte ich das Gespräch weg. Woher wussten die, dass Aynur hier war? Das konnte doch nur bedeuten, dass das Haus beschattet wurde. Und die konnten hier rein. Jederzeit. Ich rannte wieder nach unten zur Tür und sah mich nach irgendwas um, womit ich sie verbarrikadieren könnte. Schließlich fand ich einen abgebrochenen Besenstiel, den ich unter die Klinke klemmte. Das hatte ich in irgendeinem Film gesehen, und es war nur zu hoffen, dass das eine Weile halten würde.

Auf einmal klingelte es Sturm. Ich machte vor Schreck einen Satz nach hinten. Jetzt war es so weit, jetzt würden sie die Bude stürmen. Der ganze Haufen. Und uns trennten nur noch eine Haustür und ein lächerlicher Besenstiel von ihnen. Scheiße! Wenn Aynur doch nicht gekommen wäre. Mir geschah das ja irgendwie recht, aber sie hatte doch gar nichts mit der ganzen Sache zu tun. Ich griff wieder nach meiner Axt. Wenigstens würde ich es ihnen nicht leicht machen. Denen würde ich ein Andenken an Jannik Jarnik verpassen, das sie so schnell nicht vergessen würden.

»Los, Aynur, versteck dich irgendwo!«, rief ich ihr zu. Doch sie dachte gar nicht daran. Stattdessen flitzte sie ins Wohnzimmer und kam einen Augenblick später mit einem Bidhänder aus Vaters Schwertersammlung zurück. Ich musste grinsen.

»Scheiß Emanze!«

Das Klingeln hatte für einen Moment ausgesetzt.

»Wenn du ein Hausmuttihäschen um dich rumhaben willst, musst du Nele holen.«

Auf einmal setzte das penetrante Klingeln wieder ein und jemand schlug heftig an die Haustür.

»Jannik! Ich weiß, dass du da bist. Jetzt mach halt endlich auf«, rief eine Stimme von draußen. Ich hörte aufgeregtes Hundebellen.

Nein! Das klang wie Taxi. Denen würde ich es zeigen, meinen Hund als Geisel zu nehmen! Und ohne lange zu überlegen, erhob ich die Axt, kickte den Besenstiel beiseite, drehte den Schlüssel, riss die Tür auf und starrte in die personifizierte Verblüffung. Micha glotzte uns an, wie man üblicherweise Gespenster anglotzt, und dann bebte der ganze Kerl vor Lachen und es wurde immer heftiger und immer lauter, und als er Anstalten machte, sich vor Lachen auf den Boden fallen zu lassen, zog ich ihn nach drinnen.

»Sagt mal, übt ihr schon für Halloween, oder was? Oder ist es bei den Nazis so üblich, Gäste mit Axt und Schwert willkommen zu heißen? Die Germanen sollen ja sogar mit ihren Schwertern geschlafen haben. Aber eins ist mal sicher:

Aynur ist auf jeden Fall keine Germanin …«, und plötzlich hielt er inne, denn er schien für einen Augenblick völlig vergessen zu haben, dass wir ja seit einem halben Jahr total verfeindet waren. Sein Lachen war schlagartig verschwunden und seine Pupillen verengten sich. Er sah von Aynur zu mir und von mir zu Aynur.

»Aynur?« Dann blickte er mich an. »Wieso ist Aynur bei dir?«

Ich wurde ärgerlich. »Ja, wieso denn nicht? Du bist ja jetzt auch hier.«

Micha sog hörbar die Luft ein.

»Aber nicht mehr lange. Wollte dir nur den Hund vorbeibringen.« Er sah auf den Boden und machte einen Schritt auf die Tür zu. »Ich habe ihn auf der Insel in der Sprengmeisterhütte gefunden. Deine Assifreunde haben den so angebunden, dass er nur noch mit den Hinterpfoten auf dem Boden stand. Der arme Kerl hätte sich fast erhängt. *Verräter* haben sie auch noch an die Hütte gesprayt. Ich nehme an, sie haben damit nicht den Hund gemeint.« Micha wollte nach der Klinke greifen, aber ich warf mich zwischen ihn und die Tür.

»Micha, es ist vorbei.«

»Was ist vorbei?«, fragte er.

»Ich hab mich geirrt. Du hattest recht, die sind scheiße. Ich bin ausgestiegen.« Damit trat ich zur Seite, damit Micha gehen konnte. Für einen Moment sah er mich an wie ein Auto, doch dann riss er mich an sich und rief: »Alter!«

Mehr sagte er nicht und mehr musste er auch nicht sagen. Und das Schöne ist, wenn man echte Freunde hat, verzeihen die einem eine ganze Menge Scheiß.

In diesem Augenblick klingelte Aynurs Handy. Verwundert nahm sie das Gespräch an.

»Yilmaz«, meldete sie sich und auf einmal wurde sie bleich und drückte das Gespräch weg.

Micha und ich sahen sie fragend an.

»Das waren die.«

»Was haben sie denn gesagt?«, fragte ich.

»Dass der große Kiffer uns auch nichts nützen wird.«

»Oh, oh, Jannik. Hast jetzt ganz schön Stress, was?«, sagte Micha, dem die Situation sofort klar war.

»Jannik! Schau mal, was die Schweine mit Taxi gemacht haben.« Aynur hatte sich über den Hund gebeugt, und da erst fiel mir auf, dass die eine Flanke des Hundes kahl rasiert war und blutete. Aynur verschwand im Badezimmer und kam mit Desinfektionsmittel und Bandagen zurück. Und während ich Taxi den Kopf kraulte, tupfte Aynur das Blut aus seinem Fell. Der Hund winselte zum Gotterbarmen. Auf einmal ließ Aynur den Wattebausch und das Jodfläschchen fallen und auf ihrer Stirn hatte sich eine steile Zornesfalte gebildet.

»Diese Arschlöcher, seht mal, die haben dem Hund ein Hakenkreuz ins Fleisch geritzt!«

Mir wurde schlecht. Das war nicht fair. Das war einfach nicht fair, dass die sich an dem Tier ausgetobt hatten. Ich hätte mich fast übergeben.

Als Aynur gerade Bandagen um Taxis Bauch wickelte, klingelte wieder ein Handy. Diesmal war es Michas.

Er hob ab, schwieg und nach einer Pause sagte er: »Wisst ihr was? Fickt euch!«, und legte auf.

Gleich darauf klingelte das Festnetztelefon, und als keiner von uns Anstalten machte, abzunehmen, läutete mein Handy, Aynurs kam hinzu und zuletzt Michas. Telefoninferno.

In diesem Moment klirrte etwas hinten im Haus. Ich rannte mit meiner Axt in Richtung Wohnzimmer, von wo aus das Geräusch gekommen war, und fand dort einen Stein, auf den jemand *Jetzt geht's los* gekritzelt hatte. Ich blickte durch die eingeschlagene Scheibe, aber es war niemand zu sehen. Also stürzte ich zurück in den Flur, wo Aynur gerade versuchte, Micha davon abzuhalten, nach draußen zu rennen. Als sie mich sah, rief sie:

»Wenn, dann gehen wir alle!«

Ich nickte und Micha riss die Tür auf. Taxi schlug an wie verrückt und da sah ich sie, eine dunkle Gestalt, die sich in Richtung Auffahrt davonmachte. Auch Micha hatte sie erblickt und schrie:

»Hinterher!«

»Vergiss es«, sagten Aynur und ich gleichzeitig, aber Micha stürmte einfach los. Und auf einmal fiel mir das Motorengeräusch auf und plötzlich war die ganze Auffahrt in gleißendes Licht getaucht.

»Shit!«, fluchte Micha. »Keine Chance! Viel zu viele. Bloß weg hier!«

»Ich weiß, wie wir zur Straße kommen«, rief ich, und als ich mich nach den anderen umdrehte, sah ich, dass mittlerweile mindestens acht Fahrzeuge in der Auffahrt standen.

Oh, oh, das sieht nicht gut aus, dachte ich, sprang über den Zaun in den Schmidt'schen Garten und landete mit dem Hintern mitten in deren Blumenbeet.

Als ich mich wieder aufgerappelt hatte, wäre ich beinahe mit Micha zusammengestoßen. Aynur reichte uns Taxi über den Zaun, der empört winselte. Ich ließ ihn runter und er stürmte davon. Zuletzt schwang sich Aynur über den Zaun. Inzwischen drangen aus dem Garten meiner Eltern Männerstimmen.

»Wo ist dieses Zeckenpack? Eben waren sie doch noch da.«

Wir duckten uns und krochen in dieser Haltung den Zaun entlang. Dann hatten wir das Gartentor der Schmidts erreicht. Hoffentlich hatten die nicht abgesperrt, sonst hätten wir unsere Deckung aufgeben müssen. Aber wir hatten Glück, schlüpften hinaus, eine Ecke noch und dann waren wir im toten Winkel und konnten uns wieder aufrichten. Wir rannten, als wären alle Kreaturen der Hölle höchstpersönlich hinter uns her. Hinter mir hörte ich ein lautes Dieselmotorengeräusch und blickte mich panisch um. Das gab es doch gar nicht, dass die so schnell mit ihren Karren aufgeholt hatten. Von der Auffahrt bis hierher gab es doch gar kein Verbindungsstück! Aber es war der Bus. Der Bus! Ich war noch nie in meinem Leben so froh gewesen, einen

Linienbus zu sehen. Ich winkte dem Fahrer und der bremste. Als sich die Tür öffnete, sagte ich: »Hallo. Danke!«

Wir wollten eben einsteigen, als der Fahrer Taxi sah. »Der Hund aber nicht!«

Mir rutschte das Herz in die Hose. Der konnte uns doch jetzt nicht ernstlich rauswerfen. Nur wegen dem Hund!

»Auch der Hund«, mischte sich Aynur ein.

Der Busfahrer musterte Aynur. Dann zwinkerte er ihr zu.

»Also los, steigt ein. Wir sind ja unter uns.«

Völlig außer Atem ließen wir uns auf einen Vierersitz fallen. Die Tür schloss sich und der Bus fuhr wieder an. Erleichtert blickte ich aus dem Fenster und da sah ich sie. Corvin, Finn und Sören, die dem Bus hinterherrannten und wild gestikulierten. Micha stürzte an die Heckscheibe, lachte und zeigte ihnen den Finger. Und genau in diesem Moment bremste der Bus scharf und blieb stehen. Micha, Aynur und ich starrten uns nervös an. Was sollte das denn jetzt werden?

Mensch, fahr, fahr, fahr, dachte ich. Aber der Fahrer wartete in aller Seelenruhe.

»Können Sie nicht bitte, bitte weiterfahren?«, versuchte es Aynur.

Aber diesmal wirkte ihr Charme nicht.

»Ihr habt es wohl sehr eilig, was? Nee, nee, ich kann die doch jetzt nicht mitten in der Nacht in der Pampa stehen lassen. Ihr kommt schon noch rechtzeitig an.«

Mit diesen Worten öffnete er die Fahrertür, und zum Flüchten war es jetzt auch zu spät, denn Corvin, Finn und

Sören fielen atemlos in den Bus ein. Scheiße! Das konnte doch alles gar nicht wahr sein.

»Danke!«, sagte Finn und reichte ihm einen Zehner rüber. »Stimmt so.«

Während die drei an uns vorbeigingen, grinsten sie uns siegessicher an und Sören zeigte Micha den Finger. Dann platzierten sie sich hinter uns.

Schweigend fuhren wir durch die Nacht, eingeschlossen mit dem Feind, und egal, wo wir aussteigen würden, sie würden uns nachkommen und spätestens an der Endstation würde es zum Showdown kommen. Immerhin, jetzt waren wir drei gegen drei. Blöd, dass wir Schwert und Axt zu Hause gelassen hatten.

Auch die drei hinter uns sagten kein Wort. Ich ließ meinen Blick schweifen. Shit! Hinter dem Bus war eine ganze Kolonne Fahrzeuge und an der Spitze Schenks fette Angeberkarre. Ich blickte auf die Uhr meines Handys. Kurz vor zwölf, das musste der letzte Bus zum Bahnhof sein. Und tatsächlich, vor uns wurde es heller, der Bus hielt, Stadtpark. Er fuhr wieder an, hielt, Markt, fuhr wieder an und tuckerte seiner Bestimmung entgegen. Ich linste aus dem Fenster. Schon von Weitem konnte ich die Geleise erahnen und das Bahnhofsgebäude.

Wir erreichten den Busparkplatz und keiner von uns rührte sich. Eine Minute verging, zwei. Und die drei hinter uns verhielten sich genauso reglos wie wir. Der Fahrer beobachtete uns im Rückspiegel. Doch schließlich reichte es ihm. Er erhob sich, löschte die Lichter und rief nach hinten:

»Also, was ist denn nun? Ihr könnt nicht hier drin sitzen bleiben. Ich hab jetzt Feierabend.«

Ich blickte noch einmal zum Bahnhof, und da sah ich, dass ganz weit hinten ein Zug einfuhr. Ich presste meinen Mund an Michas Ohr und raunte »Zug!«, und ebenso bei Aynur. Und dann sprangen wir wie auf Kommando auf und rannten wie die Blöden in Richtung Bahnsteig. Im gleichen Moment standen Corvin, Finn und Sören auf. Scheiße! Finn war doch immer einen Ticken schneller als ich. Ich drehte mich nach unseren Verfolgern um und sah, dass auch die Wagenkolonne gehalten hatte und Schenk und die anderen aus ihren Karren stürzten. Die waren schon verdammt nah. Beim Rennen machte sich meine Rippenprellung wieder bemerkbar und ich röchelte nach Luft. Reiß dich zusammen, Jannik, zusammengebrochen wird später, befahl ich mir. Shit! Die kamen immer näher. Was links und rechts war, sah ich gar nicht mehr, Schritt, Schritt, Schritt, dachte ich. Mein Herz pochte, als wollte es aus meinem Körper hüpfen, und die kamen immer näher. Nicht umdrehen, zwang ich mich. Umdrehen kostet zu viel Zeit. Dann waren wir auf dem Bahnhof, wo total tote Hose war. Wir kamen zu den Aufgängen der Bahnsteige und ich nahm auf gut Glück den dritten. Die anderen folgten mir. Ich stolperte weiter, und aus dem Augenwinkel sah ich, dass Finn seine Hand nach mir ausgestreckt hatte. Ich nahm drei Stufen auf einmal und konnte den Abstand wieder ein wenig vergrößern. Und dann die Enttäuschung. Der Zug war auf der Eins. Egal. Dann eben über die Gleise. Ich sprang auf das Gleisbett und es dauerte keine fünf Sekunden, bis jemand schrie:

»Ihr seid wohl verrückt geworden, kommt da sofort wieder raus!«

Aber wir liefen einfach weiter und erreichten die Eins, und genau in dem Moment, als das Schließsignal ertönte, war ich hineingesprungen. Micha hinterher. Und dann sah ich Aynur und den Hund, wie sie auf den Zug zuhechteten, und Finn, der immer näher und näher kam, seine Hand ausstreckte. Ihn trennten nur noch zwei Schritte von Aynur und dann packte er sie, riss sie an den Haaren zurück, ihr Kopf bog sich nach hinten und dann sah ich wie in Zeitlupe: Micha, der die Zugtür aufstemmte – Taxi, der mit gefletschten Zähnen an Finn hochsprang – Finn, der Aynur losließ – Aynur, die einen Satz in den Zug machte – Finn, der nach dem Hund trat, und Taxi, der sich knurrend und zähnefletschend noch einmal nach Finn umwandte …

»Taxi!«, rief ich. Das durfte doch nicht wahr sein. Das blöde Vieh hörte nicht. »Taxi, Fuß!«

»Ich kann die Tür nicht länger halten«, sagte Micha. Aber genau in diesem Moment wandte sich Taxi um, spannte seine Hinterläufe und sprang in den Zug. Die Tür schloss sich und eine Faust donnerte an das Glas.

»Das werdet ihr nicht überleben!« Finn tobte und hämmerte weiter wie ein Irrer an die Tür. Corvin und Sören tauchten auf und von ganz hinten auf dem Bahnsteig kamen Schenk und Huerdler und die anderen angerannt.

Fahr, bitte, bitte fahr, dachte ich und genau in diesem Moment setzte sich der Zug in Bewegung. Micha japste nach Luft, und keiner von uns hatte mehr die Kraft, ihnen den Finger zu zeigen.

Finn und Schenk und die anderen wurden immer kleiner und kleiner, und je kleiner sie wurden, desto ruhiger wurde mein Puls.

Wir sahen uns an und alle rangen nach Luft, und da standen wir nun, in irgendeinem Zug nach Nirgendwo. Wir ließen uns auf den nächstbesten Vierersitz fallen und auf einmal fing Aynur an zu lachen und lachte und lachte und ihr Lachen sprang auf Micha über, und dann musste auch ich lachen, wie ich noch nie in meinem Leben gelacht habe. Und wir kriegten uns einfach nicht mehr ein. Schließlich stand Micha noch immer prustend auf und sagte: »Alter, sorry, das mit deinem Rad, das war ich.«

Ich winkte ab.

»Hätte ich an deiner Stelle auch gemacht.«

Micha bückte sich hinter einen der Sitze. Als er sich wieder aufrichtete, schwenkte er einen Faltplan und grölte:

»Berlin, Berlin! Wir fahren nach Berlin!«

Und wieder lachten Aynur und ich uns halb schlapp. Es muss Minuten gedauert haben, bis wir uns wieder einkriegten.

»O.k. Wir fahren nach Berlin. So weit, so schön. Und dann?«

Micha zuckte mit den Schultern. »Machen wir einen drauf!«

Aynur sah ihn kopfschüttelnd an.

»Nehmen wir uns halt ein Zimmer und fahren morgen zurück«, sagte sie.

»Klar, und dann setzen wir unser beschauliches, kleines Leben einfach fort, oder was? Scheiße, verdammt! Ich kann mich doch hier nie wieder blicken lassen.«

»Hm, auch wieder wahr«, nickte Aynur.

Eine Weile sagte keiner was, aber in meinem Kopf arbeitete es. Schließlich zog ich die Visitenkarte des Punks aus der Jacke und starrte sie an. Tatsächlich – Schenk hatte die Wahrheit gesagt. *Thomas Olschewski – Anwalt.*

»Ich hab's«, sagte ich zu den andern und tippte aufgeregt Ojos Nummer in mein Handy.

»Kanzlei Olschewski, Thomas Olschewski am Apparat. Guten Abend. Es ist spät und ich bin nur noch durch Zufall hier. Wie kann ich Ihnen helfen?«

Ich glaubte mich verhört zu haben. Das konnte doch unmöglich der Punk sein. Das klang so seriös und der Typ berlinerte ja gar nicht.

Aynur und Micha starrten mich irritiert an.

»Ähm, Jannik Jarnik hier. Wir haben uns heute auf der Demo getroffen … Zumindest hat mir jemand Ihre Karte gegeben …«

»Ah, Jannik, ick hab's ja jewusst, dassde keen Fascho bist. Ick kann's kaum glooben, mich heute kennenjelernt und noch am gleichen Tag vom rechten Weg abjekommen. Bin ick doch der Heiland?« Er lachte. »Nee, mal ernsthaft. Wat jibt's?«

»Na ja, ich hab heut Schluss gemacht und jetzt sind die hinter mir her, und ich bin einfach in den nächstbesten Zug gesprungen und der kommt in zwanzig Minuten in Berlin Ostbahnhof an, und ich hab auch überhaupt kein Geld dabei und meine Eltern, die kommen auch erst morgen aus dem Urlaub zurück.«

»Na, nu mach dich mal locker. Weeßte eijentlich, dass deine janze komische Mischpoke da, eure Dorf-SS oder so, dass die –. Hach, ick weeß nich. Kann ick dir vatrauen?« Er machte eine kurze Pause. »Na, ick hab 'ne jute Menschenkenntnis, also vatrau ick dir mal. Also, deine janze Mischpoke, die jeht jedenfalls hoch. Ick hab's heut uffm Schreibtisch jehabt.«

»Was? Wieso?«, fragte ich.

»Na, Jungchen, dit kannste aber glooben, dat die bald in den Knast einfahren. Da euer Schenk, und Finn S. Und Kevin J. und wie sie alle heißen. Wir beobachten die schon lange. Dit is 'ne janze Latte. Nötijung, Körperverletzung, Volksverhetzung, Verwendung verfassungsfeindlicher Symbole, Steuerhinterziehung und wat nich allet.«

Ich konnte kaum glauben, was ich da hörte.

»Aber nu mal wat janz anderet. So wie ick dit jetzt herausjehört hab, scheint dit so zu sein, dassde 'ne Bleibe brauchst, wa?«

»Ähm, na ja. Also, ehrlich gesagt, ja.«

»Na, dit is doch formidabel. Ick bin hier jetzt sowieso gleich fertig und noch dazu wohn ick gleich neben dem Ostbahnhof. Ick hol dir ab und denn kannste ma allet haarklein berichten, wa?«

»Das ist super, aber, ähm …«

»Wat jibt's denn da noch zu abern und zu ähmen?«

»Na ja, ich hab noch zwei Leute und 'nen Hund dabei.«

»Na, dit is doch allet keen Problem. Die bringste ma schön mit, und denn besorgt ihr noch zwei Schachteln Bier und denn wird dein Ausstieg jefeiert, und morgen setzte dir wieder in'n Zug und denn jeht's heeeme zu Muttern und dit braune Jesocks wird dir fürs Nächste och nich mehr belästijen!«

Da ich nicht gleich antwortete, hakte er noch mal nach:

»Deinen Ausstieg hältste doch och für 'nen Grund zum Feiern? Oder vajießte Tränen wegen die Vahaftung von deine Mischpoke?«

Nee. Nicht die Bohne. Ich musste mich dringend setzen, denn ich hatte weiche Knie vor Glück. Und auch das muss man erst mal verkraften, wenn über den zappendusteren Comic urplötzlich so eine Art Happy End hereinbricht.

© Robert Carol

Anna Kuschnarowa

Anna Kuschnarowa studierte Ägyptologie, Germanistik und Prähistorische Archäologie in Leipzig, Halle/Saale und Bremen und unterrichtete zehn Jahre an mehreren deutschen Hochschulen. Ihr wissenschaftliches Interesse gilt gender-Themen. Sie arbeitet als freie Autorin und Fotografin und gründete 2011 die Seschat Fernschule für Ägyptologie. In ihrer Freizeit reist sie so weit weg wie möglich und so oft sie kann. Bei Beltz & Gelberg erschienen von ihr bereits die Romane *Spielverderber*, *Junkgirl*, *Kinshasa Dreams*, *Djihad Paradise* und zuletzt *Das Herz von Libertalia*. Für ihre Romane wurde sie u. a. mit dem Gustav-Heinemann-Friedenspreis, dem Friedrich-Gerstäcker-Preis und dem Bad Harzburger Eselsohr ausgezeichnet.
Mehr zur Autorin: www.anna-kuschnarowa.de

Anna Kuschnarowa

Das Herz von Libertalia

Roman, 461 Seiten (ab 14), Beltz & Gelberg 81187
Ebenfalls als E-Book erhältlich (74514)

Irland, um 1700: Anne Bonny kommt als uneheliches Kind zur Welt und wird von ihrem Vater als Junge aufgezogen. Die Männerkleider verschaffen ihr Vorteile, aber Anne will sie selbst sein. Zu groß ist ihr Hunger nach Freiheit, zu stark ihr Traum vom wilden Leben im sagenhaften Piratenreich »Libertalia«. Annes Herz entflammt für den Piratenkapitän James Bonny – sie brennt mit ihm durch und geht auf wüste Kaperfahrt durch die Karibik …

Anna Kuschnarowa

Djihad Paradise

Roman, 416 Seiten (ab 14), Gulliver TB 74658
Ebenfalls als E-Book erhältlich (74439)

Berlin Alexanderplatz: Julian Engelmann alias Abdel Jabbar Shahid betritt eine Shoppingmall. Er trägt einen Sprengstoffgürtel und ist bereit, sich und all die dreckigen Kuffar (die Ungläubigen) auszulöschen. Da ruft jemand seinen Namen. Julian kennt die Stimme. Er hält inne und erinnert sich. An seine große Liebe Romea, die Zeit vor dem Terrorcamp und warum sich Romea irgendwann von ihm abwandte. Doch Julian ist sich seiner göttlichen Mission sicher. Oder nicht? Für Zweifel ist es längst zu spät …

GULLIVER
www.beltz.de
Beltz & Gelberg, Postfach 10 01 54, 69441 Weinheim

Anna Kuschnarowa

Kinshasa Dreams

Roman, 384 Seiten (ab 14), Gulliver TB 74484
Gustav-Heinemann-Friedenspreis
Friedrich-Gerstäcker-Preis
Ebenfalls als E-Book erhältlich (74501)

Ein Gewittersturm peitscht über Kinshasa und Jengos abergläubische Großmutter wittert in der Geburt des Jungen ein böses Omen. 16 Jahre später treiben Jengo die Suche nach seiner Mutter und der große Traum, Boxer zu werden, nach Europa. Über Ägypten und Libyen gelangt er nach Frankreich. Jengo bewegt sich in der Halbwelt des Boxens und verliebt sich in ein Mädchen – doch als Illegaler darf er nirgendwo lange bleiben, ist immer getrieben von der Angst, entdeckt zu werden …

Anna Kuschnarowa

Junkgirl

Roman, 224 Seiten (ab 14), Gulliver TB 74385
Ebenfalls als E-Book erhältlich (74398)

Alles begann mit Tara. Der schillernden, wilden, außergewöhnlichen Tara, in die sich die unscheinbare Alissa Hals über Kopf verliebt. Um mit Tara zusammen zu sein, beginnt Alissa heimlich ein Doppelleben, irrlichtert zwischen Sein und Schein, belügt ihre Eltern und – nimmt Drogen. Sie erlebt ungeahnte Höhenflüge, ist verzaubert, berauscht, fühlt sich unsterblich. Es scheint, als sei Alissas Sehn-Sucht endlich gestillt. Da zeigen sich tiefe Risse in Taras schillernder Welt …

GULLIVER www.beltz.de
Beltz & Gelberg, Postfach 10 01 54, 69441 Weinheim

Anna Kuschnarowa

Spielverderber

Krimi, 200 Seiten (ab 12), Gulliver 74072

Berlin: Ahmad hat panische Angst, als er die harten Schritte hinter sich hört. Doch erst als Tom und Julia eingreifen, lassen die Neonazis von ihm ab. Sie drohen mit Rache. Wenig später stürzt während einer Theaterprobe ein Scheinwerfer auf die Bühne des Kulturzentrums. Ein Unfall? Die User von schwarzlichter.com sind skeptisch. Aber es kommt noch viel schlimmer …

Katja Brandis

Floaters. Im Sog des Meeres

Roman, 475 Seiten (ab 13), Gulliver TB 74738
Ebenfalls als E-Book erhältlich (74267)

Das Jahr 2030: Im Pazifik treibt ein gigantischer Teppich aus Plastikmüll. Der Umweltaktivist und Milliardär Benjamin Lesser will das Meer säubern und den Müllstrudel recyceln. Mit an Bord seines Spezialschiffes sind die Zwillinge Danilo und Malika. Doch Müll-Piraten und »Floaters« haben längst begonnen, die Abfälle auszubeuten, sie verteidigen erbittert ihr Revier. Und mitten auf dem Pazifik trifft Malika einen Jungen, dem sie nie hätte begegnen dürfen …

GULLIVER www.beltz.de
Beltz & Gelberg, Postfach 10 01 54, 69441 Weinheim

Gordon Korman

Masterminds. Im Auge der Macht

Aus dem Amerikanischen von Jessika Komina und Sandra Knuffinke
Roman, 263 Seiten (ab 14), Gulliver 74594
Ebenfalls als E-Book erhältlich (74626)

Serenity in New Mexico: 185 Einwohner, keine Kriminalität, Arbeit für jeden, die perfekte Idylle! Eli kann sich nicht vorstellen, jemals irgendwo anders zu leben. Bis zu dem Tag, als er die Stadtgrenze überquert und aus heiterem Himmel unter Schmerzen zusammenbricht. Wer hindert Eli daran, die Stadt zu verlassen und wieso? Serenity entpuppt sich als perfides Gefängnis und Eli und seinen Freunden wird klar: Sie schweben in Lebensgefahr …

Antje Wagner

Unland

Roman, 384 Seiten (ab 14), Gulliver 74511
ver.di Literaturpreis 2010

Franka ist der »Neuzugang« im Haus Eulenruh, einem Wohnprojekt für Jugendliche in einem kleinen Elbdorf. Doch irgendetwas stimmt nicht in dem Ort. Wieso schweigen die Bewohner so beharrlich, wenn man sie auf das verlassene Dorf Unland, diese Ruinenlandschaft am Waldrand, anspricht? Franka und die »Eulen« stoßen bald auf ein unheimliches Geheimnis …

GULLIVER
www.beltz.de
Beltz & Gelberg, Postfach 10 01 54, 69441 Weinheim